漫娱图书

限 定 好 友 系 列

限 · 定 · 好 · 友

人设崩塌中

李科棠 主编

长江出版社　漫娱图书

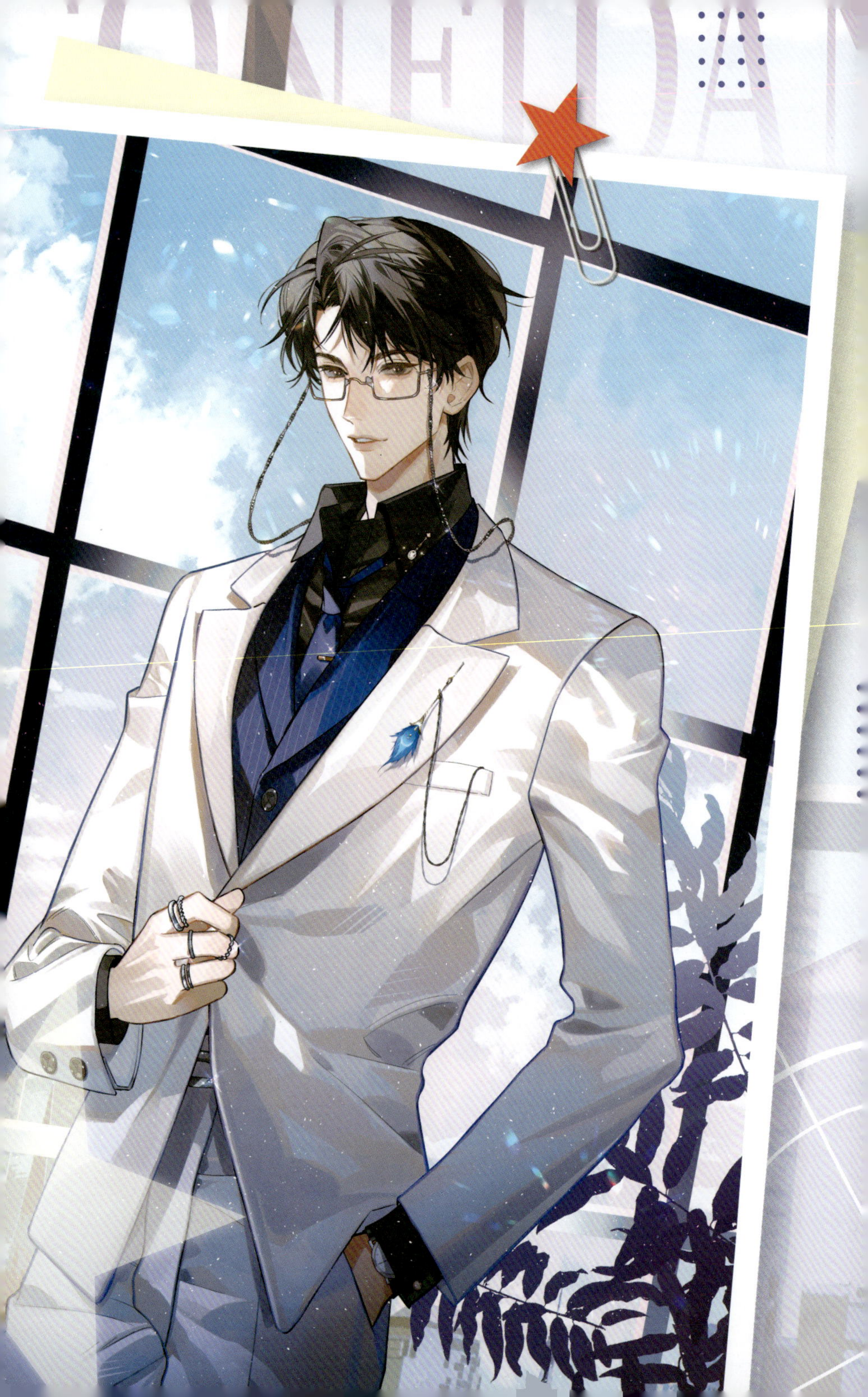

天衣无缝的伪装，
也有被看破的一刻。

▶▶▶ *Ren She Beng Ta Zhong*

"从前的我,是那天边的沙鸥。

"现在的我,要飞往哪里。"

林昀每个夜晚练琴时都会仰望的那颗星星,在今天终于重新绽放光芒。

他回过头,和抬眼看他的周子烨相视一笑。

"别害怕落魄,别害怕承诺。

"因为那河流,从不会骗我。"

——《梦想破碎在那条河流》

"你想起来了啊,
我以为某个笨蛋永远都不记得了。
所以,你要和我一起站上领奖台吗?"

——《鲸鱼逐浪》

目录

ANOTHER

009 文/水星搁浅
梦想破碎在那条河流

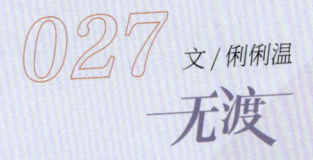

027 文/俐俐温
无渡

057 文/患者阿离
小跟班的自我修养

065 文/茂山
鲸鱼逐浪

101 文/季信来
草莓夹心

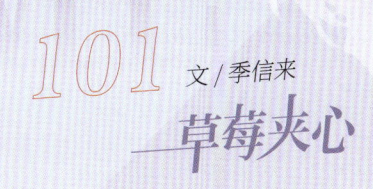

123 文/九墨君
玫瑰庄园

163 文/植物课
秘密

197 文/亚克力碳酸
我见青山

223 文/梦迢迢
俱乐部老板会打游戏吗?

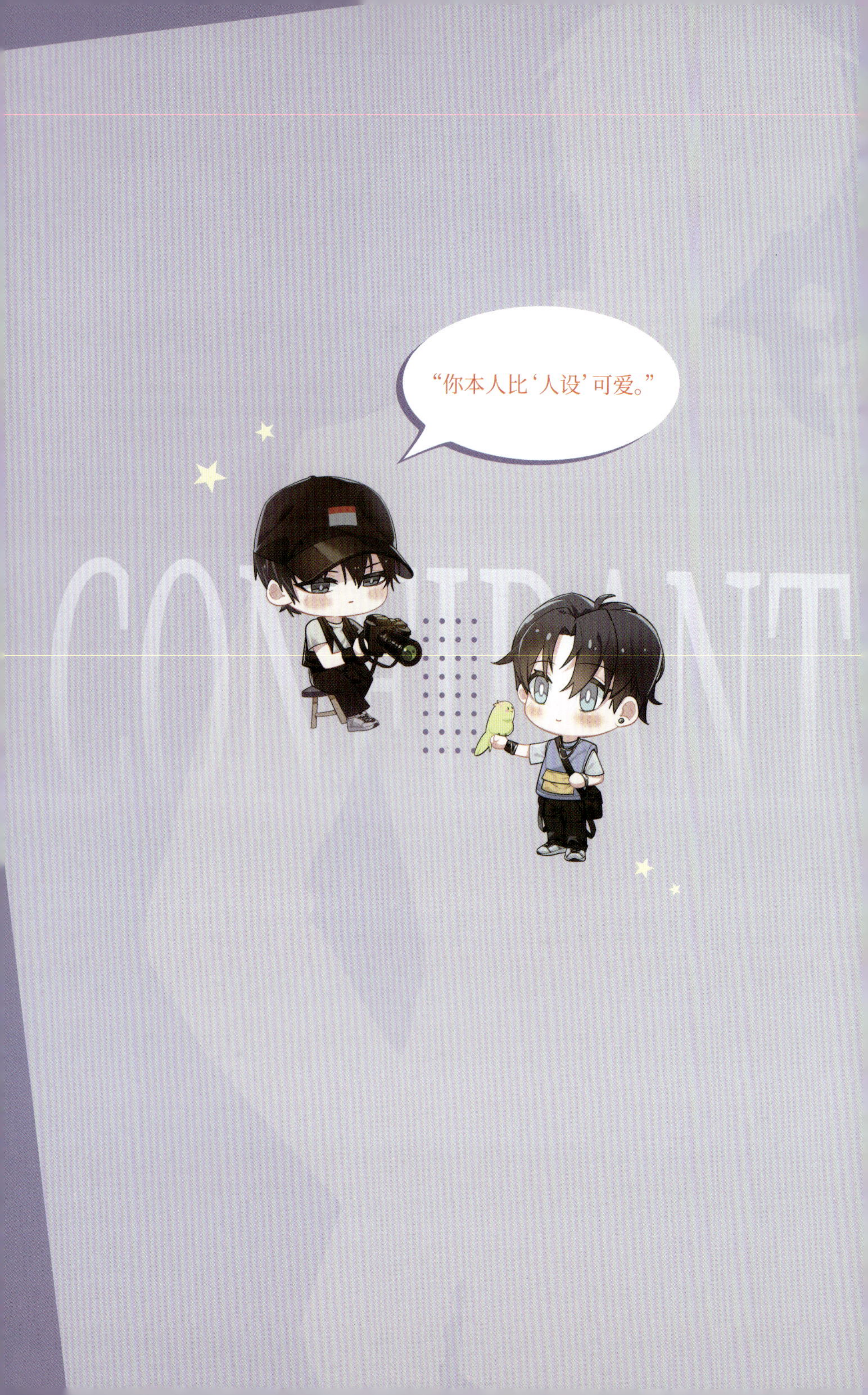
“你本人比‘人设’可爱。”

梦想破碎在那条河流

Endless River

文 ▶ 水星搁浅

傲气鼓手 老师

率真吉他手 学生

#摇滚乐队/夏日浪漫

梦想破碎在那条河流

文 / 水星搁浅

佛系挖坑选手，梦想是有朝一日文档会自动完成。
新浪微博@feat水星搁浅

| 1 |

林昀第一次见周子烨，是在海岸日出乐队风头最盛的时候。

那一年，林昀初三毕业，疯狂地迷上了摇滚乐，也爱上了因为一首《海浪》红遍大江南北的海岸日出乐队。

那是林昀人生中看的第一场乐队演唱会。

演唱会当晚下起了大暴雨，雨点被喧嚣蒸腾，在迷蒙的雾气中，林昀跟着人群忘情地挥手合唱。

大屏幕上来回切换着主唱、鼓手、贝斯手的画面，那一场演出，他们冒雨唱了一个小时，浑身湿透也丝毫不减热情。

那时候林昀便发誓，总有一天，他也要站上那个舞台。

演唱会结束后，林昀作为赞助商的儿子，理所当然地得到了到后台要签名的机会。

主唱秦一岑热情地搂着林昀和他合照，还跟贝斯手齐晟一起在林昀的T恤上签了名。

唯有角落的鼓手周子烨，倚着墙、叼着烟，一脸淡漠地看着他们。

"来来，周哥，给小朋友签个名，他说可喜欢你了。"秦一岑推着林昀来到周子烨面前，笑眯眯地圆场。

林昀其实有些怵周子烨，毕竟这位鼓手是出了名的不近人情，但这会儿他都被推到人跟前了，也只能硬着头皮说："麻烦周哥给我签个名。"

周子烨分明的眉骨在他脸上投下小片阴影，眉尾横亘着一道疤痕，侧面投下的光勾勒出他挺拔的鼻梁和紧抿的唇，他吐了一口烟，说："没笔。"

周子烨的声线略微沙哑，像低音提琴一样深沉。

"用我的用我的。"秦一岑把自己的马克笔递给周子烨。

林昀僵硬地低头，把自己T恤的一角薅起来递给他。

周子烨却伸手拢住小孩的后脖颈，把人翻了个面，然后在小孩的T恤背后缓缓签上自己的名字。

笔尖窸窸窣窣地蹭过林昀的背脊，很痒，他忍不住抖了一下。

周子烨叼着烟，闷闷地说："别动，写歪了。"

他一笔一画地写，写得又重又慢，那十几秒对林昀来说几乎是一种煎熬。

等到终于签完，一丝灼热突然落在林昀肩头。

周子烨随手掸开那一小块儿烟灰，拍拍林昀的肩，说："好了。"

秦一岑搂着林昀，把他送出了后台。

"他就是那么傲，你别介意。"秦一岑笑着解释。

林昀当然不会介意，周子烨是国内数一数二的摇滚鼓手，BPM300（每分钟300拍）、双踩（双脚分别操作不同踏板打击同一个底鼓）的金属核（极端金属和硬核朋克的音乐风格）曲目信手拈来，他当然有骄傲的资本。

林昀不知道的是，海岸日出早在那一晚便埋下了解散的伏笔。

2

林昀从没想过自己和周子烨第二次见面会是在课堂上。

那时距离海岸日出解散已经过去了两年，林昀也已经高三了。艺考班迎来了一位新的乐理老师。

周子烨迈着大长腿走进教室时，讲台下的人都开始窃窃私语。

林昀听见身边几个女生都在夸周子烨长得帅，却没有一个认出他是谁。

周子烨也并不在意，他走上讲台，工工整整地写下自己的名字。

他没有做多余的自我介绍，而是直接开始上课。他比两年前瘦了一些，下颌线和颧骨的线条更加利落，头发剃成了板寸，但是颜值不减。他拽着一口烟嗓，靠在讲台边认认真真地讲题，依旧很酷。

周子烨的第一堂课，让同学们都听得入迷了。

海岸日出解散后，秦一岑出道做了歌手，齐晟加入了新乐队，只有周子烨再没音信。

他怎么会来做艺考老师？

下课之后，周子烨被众多学生簇拥着，她们软磨硬泡，都想要他的联系方式。

周子烨却始终神情淡淡的，随口回答一两句无关紧要的提问——二十三岁，没女朋友，今年大三。

等到下一堂课开始，周子烨走出教室，众人才回到了座位上。

林昀却猛地冲了出去，还差点撞到刚进门的声乐老师。

"林昀！你去哪里？"

"上厕所。"林昀头也不回地说。

他追到走廊尽头的周子烨，焦急地说："等一下！"

周子烨停下脚步，转头看着他："怎么了，上课没听懂？"

"周子烨，"林昀问，"你还记得我吗？"

周子烨盯着林昀的脸蛋，眉头微皱。

他的眉眼很深邃，瞳孔是淡淡的琥珀色，林昀看得有些愣住了。

半晌后，周子烨摇了摇头："不记得。"

林昀早有预料，但依旧不放弃："三年前你们在海城开演唱会的时候，我在后台找你要过签名。"

"忘了。"周子烨的眉尾微微上挑，神色毫无波动，"还有什么事吗？"

"你为什么不继续玩乐队了？"林昀直率地问。

"玩？"周子烨笑了起来，"小朋友，你以为组乐队是过家家吗？"

"我不是……"林昀涨红了脸，"我只是觉得很可惜。"

"谁不觉得呢？"周子烨靠着墙，手臂轮廓在衬衫下若隐若现，让人联想到他打鼓时手臂青筋暴起的画面。

林昀不解地追问："那你为什么还要放弃？"

"因为，"周子烨淡淡地瞥了他一眼，"梦想什么都不是。"

林昀瞪大了眼，这还是那个在暴雨中打到鼓棒断裂的鼓手吗？

他看着利索点烟的周子烨，终是没能问出自己的心里话，失魂落魄地转身离开了。

3

林昀是学吉他的，对指弹非常有天赋。

他也是在学了指弹之后，才更加理解了周子烨对节奏的掌控有多么炉火纯青。

很多鼓手都被称作乐队的灵魂，因为音乐的基础节奏都是由鼓点来引导的，没有鼓点的音乐就像没有地基的高楼。

他也尝试过组建乐队，但是他在学校里一向没什么人缘，花了一个学期才勉强和一个学贝斯的同学打好关系。

贝斯手一听说林昀是个"光杆司令"，立即宣布退出。

于是林昀的乐队梦便不了了之了。

直到他看到了周子烨，一个隐秘而疯狂的想法在他心中燃起——让周子烨来当他的鼓手。

林昀深知自己现在的水平还远远配不上周子烨，但总有一天，他一定可以做到。

虽然班上听摇滚的人不多，了解过海岸日出乐队的更是寥寥，但也不是没有。

第二天周子烨的"前鼓手"名号便广泛流传了，甚至有好事者在大屏幕上放了周子烨以前敲鼓的视频。

那是周子烨在十八岁时录的一段即兴表演。

他在街头敲了一段重金属音乐，手臂的动作快得像残影，教室里每个人的心跳都被那鼓点牵动着。

那时的周子烨还很爱炫技，双踩、转鼓棒，怎么酷怎么来，他手指纤长、骨节分明，每个动作都游刃有余，他甚至在中途点了根烟。

太装了，但他确实很帅。

在女生们的尖叫声中，周子烨抱着教案走进教室，毫不犹豫地关掉了视频。

"周老师——让我们看完嘛——"有人起哄说。

"以后不许在我的课上放这些视频。"

周子烨的语气平平，让人听不出喜怒。

林昀却直觉他生气了。

下课后，林昀被叫到了办公室。

"你昨天的小测为什么交白卷？"周子烨把卷子递给林昀，背靠在办公椅上，慵懒的神色像是午后小憩的大猫。

林昀直白地说："因为我想被你叫到办公室喝茶。"

"我不喝茶。"周子烨一挑眉，"要我下班带你喝酒吗？"

"好啊。"林昀没心没肺地说。

周子烨瞪了他一眼："你真敢答应啊，到底什么事？"

"我想请你做我的鼓手。"林昀一脸认真地说。

周子烨愣了愣，他皱着眉看向林昀。小孩的目光太过灼热，以至于他有点不知道怎么接话了。

他已经太久太久没有见过这样的眼神……那是独属于愣头青的——厚脸皮、青涩、无厘头……却让人很难拒绝。

周子烨第一次认真地打量林昀。正是抽条的年纪，林昀的身形显得有些过分清瘦，脸上却还残存着幼稚的圆润，眉眼清秀，鼻尖上还点缀着几粒淡淡的雀斑。

他看起来一副任人揉搓的样子，口气倒是不小。

"不行。"周子烨果断拒绝。

"要怎么样才能让你做我的鼓手？"林昀穷追不舍。

"不可能。"周子烨答得很干脆。

"如果我作出了像《海浪》那样的歌，你会答应我吗？"

"不可能。"

"我一定会的！"

……

周子烨走出办公间，林昀还跟在他身后。

"别跟着我。"周子烨语气不悦。

"你只要答应我，我就不跟着你。"林昀紧紧跟在人身后，引来不少路过师生的围观。

周子烨猛地停下，林昀猝不及防地撞上他的背。周子烨转身，对林昀说："好啊。那我问你，你知道我们写出《海浪》花了多少年吗？"

"五年。"林昀语气笃定，"五年零三个月。"

周子烨淡淡道："那是杂志采访的时候秦一岑随口编的。"

"我们写出《海浪》只花了一晚上。"

林昀难以置信地看着周子烨。

周子烨顿了顿，接着说："摆脱它却要用一辈子。"

看着林昀懵懂的表情，他叹了口气，有些无奈地说："如果你月考考了年级第一，那我可以听听你写的歌。"

"真的吗？"林昀惊喜道。

"嗯。"

"我录音了。"

周子烨：……

| 4 |

那天后，林昀像打了鸡血一样练琴和视唱。

他每天都是第一个到教室、最后一个回宿舍的，甚至躺在被窝里都在默默模拟扒拉琴弦。

虽然文化成绩很一般，但是林昀可以保证自己的艺考分数在年级里一定是数一数二的。

每天晚上，周子烨路过只剩下林昀的教室时都会抱着手在门口站一会儿。

那几分钟林昀弹得格外卖力。

最夸张的一次，林昀调音太急，所以弹断了一根弦。

一声脆响后，弦崩到了他的手背上，那片皮肤立马红肿起来。

他"嘶"地倒吸一口凉气，然后抬着自己的手走出教室，下一秒便和站在门口的周子烨面面相觑。

周子烨在门外便听出是弦断了,冷冷地问:"调弦都不会了?"

"没注意。"林昀捏着手背,努力装出一副一点也不痛的样子,"我拿水冲冲就行了。"

"今天别练了。"周子烨走进教室替他收起吉他。

"为什么?"林昀依旧满腔斗志,"我还能弹。"

"弹五个小时了,你手腕不要了?"周子烨瞥了他一眼。

林昀不满地反问:"那你们练习还不是动辄半天,我弹五个小时怎么不行了?"

"嗯,所以我现在再也敲不了300了。"周子烨平静地说,"不要做本末倒置的事。"

林昀揉了揉酸痛的手腕,不情不愿地跟着周子烨走出了教室。

他俩走在学校寂静的小道上,路边一盏老旧的路灯亮着昏黄的光。林昀抬头望天,发现竟然能看见星星。

"快看,星星!"林昀激动地拍了拍周子烨的手臂。

周子烨抬头看了看:"这有什么好看的?我们小时候到处都能看见。"

林昀撇撇嘴:"现在城里很少见了。"

"那你们真可怜。"周子烨笑着说。

路灯下,周子烨嘴角的两个梨涡看着分外明显。他笑起来就像变了个人似的,那些冷硬的外壳全都不知所踪。林昀发呆的那一秒,肚子不争气地叫了起来。

"求我。"周子烨冷不丁说。

"求你干什么?"林昀莫名其妙。

周子烨:"你叫我周哥,我带你出去吃夜宵。"

"周哥。"林昀的反应十分迅速。

周子烨:……

"你怎么一点原则也没有？"

"有便宜不占那是大笨蛋。"林小同学如是说。

林昀坐上了周子烨的电瓶车。

这辆小电瓶的气质和周子烨十分不符，他坐上去的时候看起来甚至有一丝滑稽。

"我以为你会开摩托车。"林昀很犹豫要不要上周子烨的后座。

周子烨戴上头盔，又从后座拿出第二个头盔递给林昀："没钱。你给我买？"

林昀接过头盔，确认四下无人，这才跨上周子烨的后座："好啊。只要你给我打鼓。"

周子烨说不出话了，他发动车子，心想现在的高中生都这么有钱吗？

小电瓶速度不快，但是在夜色中徜徉的时候，还是让人感觉非常的凉爽。

林昀单手扶住后座，在无人的道路上大声地唱起了歌。

少年人的歌声很悠长，还带着一丝青涩，让人联想到天边高飞的新雁和跃出水面的鲸。他忘我地唱着，唱了几首英文歌后，终于切换到了海岸日出的代表作《海浪》。

"浪花啊浪花，你不要带走我。"

"风儿啊别想起我的寂寞。"

周子烨：……

他猛然加速，林昀猝不及防地倒在他背上，歌声也戛然而止。

"你为什么对自己的歌这么抵触？"林昀不满地说，"我觉得好听爆了。"

"我觉得尴尬爆了。"周子烨面无表情地说。

"我不会是第一个坐上你的电瓶车后座的人吧？"林昀转移

话题道。

周子烨说："阿黄也坐过。"

林昀："阿黄是谁？"

周子烨："我的狗。"

林昀：……

"有没有人说过，你很擅长破坏氛围。"

周子烨不怒反笑："谢谢夸奖。"

穿过学校周围寂静的街道，绕过小巷和桥梁，周子烨总算把愣头青带到了自己常去的烧烤摊。

"老板，要烤脑花、腰子、茄子，"周子烨大声地吆喝，"辣椒……少放点。"

"小周来啦？"老板是个胖胖的中年男人，弯起一双眯缝眼，看上去很和蔼，"今儿不要最辣了？"

"不了，"周子烨看了一眼林昀，"今天带小孩。"

"好嘞，啤酒饮料自己开啊。"老板端着餐盘回到了烤架后。

周子烨拎了两瓶啤酒，转头问林昀："你喝果汁还是豆奶？"

"我喝啤酒。"林昀一脸自信。

"行。等会儿醉了我就把你放路边。"周子烨从善如流地开了瓶盖，给林昀拿了个杯子，自己直接对瓶喝。

林昀接过酒杯，假装懂行地喝了一大口，小心翼翼地四处打量："你们以前会一起来吗？"

"我和谁？"周子烨喝了半瓶，脱下外套，露出里面的坎肩。他的身材还是一如既往的好，每一根肌肉线条都恰到好处。

林昀小声地说："海岸日出的成员……你和秦一岑、齐晟。"

"不来。"周子烨很干脆，"秦一岑肠胃不好，齐晟酒量太差。"

"哦……"林昀又有点幻灭，"那你们会一起出去玩吗？去旅游，找灵感写歌？"

"不会。"周子烨说，"没钱旅游，歌都是在地下室写的。"

老板端上几盘烧烤，周子烨递给林昀一双筷子，林昀愣愣地接了。

见小孩这副失魂落魄的样子，周子烨觉得有些好笑："小少爷，对乐队生活还有什么幻想吗？"

他从第一次见到林昀就知道，他是温室里的花朵，对乐队的认识只有光鲜亮丽的表象，对音乐的热情也以"站上舞台"为最终目的。

但事实是，乐队的舞台很可能在街头巷尾，在漏水的厕所，在长满青苔无人问津的角落。

"那你后悔吗？"林昀突然问。

周子烨也愣住了。

是啊。

他后悔吗？

在无知的年纪，和不务正业的朋友厮混，甚至停学、辍学……他后悔吗？

他当然后悔，他无时无刻不在后悔——如果他好好读书，如果他心照不宣地接受那些他瞧不上的公司抛来的橄榄枝，如果他像秦一岑那样迎合市场的喜好……那他怎么都不会沦落到今天这地步。

"我后悔过。"林昀垂下眼，"有时候半夜看着天花板，我会不知道自己身在何处，不知道自己在追逐什么。尤其那天你跟我说'梦想什么都不是'之后，我的梦真的破碎了……你身上的光环突然就黯淡了，我那时候才发现，原来我们都只是普通人啊。"

"可是……我不想泯然众人。"

林昀的眼神很亮，一如今晚的星星——

"梦想也许是遥远的、触不可及的，但是我不想放弃。

"我绝对，不会放弃，也不会后悔。"

夜风并不轻柔，刮过两人的时候，周子烨甚至冷得起了一身鸡皮疙瘩。

林昀的眼神几乎灼伤了他。

那种赤裸的、孤注一掷的神色，把周子烨带回到十八岁那年，他们写出《海浪》的那一晚。

其实那时候他们还住在 B 市的地下室，每天在各种酒吧当驻唱，偶尔遇到大方的客人会给他们小费，他们就去便利店买最贵的泡面当夜宵。

《海浪》和他们以前的歌不一样，他们在酒吧都唱那些情情爱爱的歌，只有《海浪》刻画出他们真实的想法。

那时周子烨就有预感，他们可能要出头了。

但出头后，无穷无尽的商演和数不清的邀约却成了下一个深渊。

他们之后写的歌，总是走不出《海浪》的影子。

海浪之后，再无海浪。

他瞧不上写商业歌的秦一岑，也不满足敲 R&B 抒情的鼓点——他可是能打死核（混合金属核和死亡金属的音乐风格）的人，凭什么屈才于此？

在一次次争吵后，海岸日出终于分崩离析，而他也彻底失去了方向。

是啊——走丢的人不仅是秦一岑，他周子烨何尝不是迷失在那些虚伪的奉承中了？

解散后，周子烨酗酒，花光积蓄四处游荡，他已经有半年没碰过架子鼓了，他现在的水准完全没办法支撑他的傲气。

是啊。不过泯然众人矣。

他更没想到,点醒他的居然是一个小孩。

周子烨灌下一大口酒:"我不后悔。"

他在林昀期待的眼神中补充道:"至少这一刻,一点也不。"

| 5 |

那晚之后一直到月考,林昀都再没见过周子烨。

直到月考出成绩的那天,林昀才收到了周子烨的短信。

"今晚八点,迷澜酒吧。"

当晚林昀带着自己的成绩单,背着吉他出了校门。

他走进酒吧的时候,周子烨正在台上打鼓。

这是一场个人表演,周子烨穿了件朋克风格的背心,在闪烁的霓虹灯中,打响了一曲重金属的鼓点。

他身上的每一块肌肉都在跟着节奏律动,用手腕演奏出最耀眼的舞蹈,飞速地双踩,在空拍的间隙还会把鼓棒抛向半空,旋转的鼓棒落下,敲击出完美的下一拍。

周子烨的侧脸在红蓝光线中逐渐模糊,这是一种极致的视听享受,每一个鼓点都没有一丝纰漏。

一曲完毕,掌声雷动。

周子烨擦了擦额上的汗,一步跳下一米高的舞台,径直朝林昀走来。

他朝林昀伸出手,言简意赅地说:"伴奏。"

林昀还有点没反应过来,下意识地和周子烨握了握手。

周子烨:……

"我让你拿伴奏给我。"

"什么伴奏?"林昀的声音都有点抖。

"你自己的歌。"周子烨说。

"我没带……"林昀有些语无伦次,"你要给我敲鼓吗?"

周子烨淡淡道："嗯。"

林昀："这不是梦吧？"

周子烨使劲拍了他肩膀一下，手劲儿没控制好，差点将毫无防备的林昀扇到地上。

林昀却完全感觉不到疼痛，他几乎要喜极而泣了，猛地一下抱住了周子烨。

"谢谢你，周哥。"他哽咽道，"其实我这次月考没考第一。"

周子烨："我知道。"

半晌后，他很别扭地憋出一句"不用谢"。

林昀有点飘飘欲仙了。直到周子烨轻轻拍了拍他的肩膀："别美了，没伴奏我不敲。"

"我能弹！我带了吉他！"

"那你有架子鼓的谱吗？"

"没有……"

"你要我即兴敲吗？"

"我可以先小声地唱一遍给你听……"

"逗你的。"周子烨见林昀急了，便绽开笑容，"就你那蓝调，即兴我也能信手拈来。"

"你怎么知道是蓝调？"林昀问。

"你这半个月不都在练吗？"周子烨说。

林昀："原来你偷听了那么久。"

周子烨："嗯。你勉强通过考核。"

林昀的这首蓝调是在海岸日出解散后写的，名字叫《梦想破碎在那条河流》。

和弦轻柔悠扬，他很有个人特色的指弹一下下敲击着，开口的一瞬间，周子烨的鼓点随之响起。

"别回头，哪怕前路漫长。

"别贪心，哪怕无名无姓。"

在林昀清亮的歌声中，周子烨恍惚间也回到了十八岁。

他们笑着、闹着，穿过没有人认识他们的街头巷尾，在电线杆旁肆无忌惮地唱歌，唯一的听众是天上的星星和月亮。

"别看我，因为我不是从前的我。

"别推脱，因为我已不能再错过。"

海岸日出解散得太突然，甚至没有一场告别演出。他们的青春永远地活在林昀的歌单里。

"从前的我，藏在哪条河流。"

活在林昀跃动在吉他弦上的指尖中，活在林昀的歌声里。

"从前的我，是那天边的沙鸥。"

林昀每个夜晚练琴时都会仰望的那颗星星，在今天终于重新绽放光芒。

"现在的我，要飞往哪里。"

他回过头，和抬眼看他的周子烨相视一笑。

"别害怕落魄，别害怕承诺。

"因为那河流，从不会骗我。"

目光交汇处，他们都看到了那条河。

那条通往梦想的河流，从来不曾破碎。

完

Endless River

XIAN DIN

侠骨心肠 天之骄子 ▶▶▶
VS
◀◀◀ 活泼可爱 小师弟

THE
ONLY
ONE

HAO YOU

\# 古风武侠 / 执着守候

※ ✕

"他给刀起名无渡。
私心许执念留在他方寸心间,
长长久久,难以超脱。"

※ ✕ ※

无渡

文 ▶ 俐俐温

无渡

文 / 俐俐温

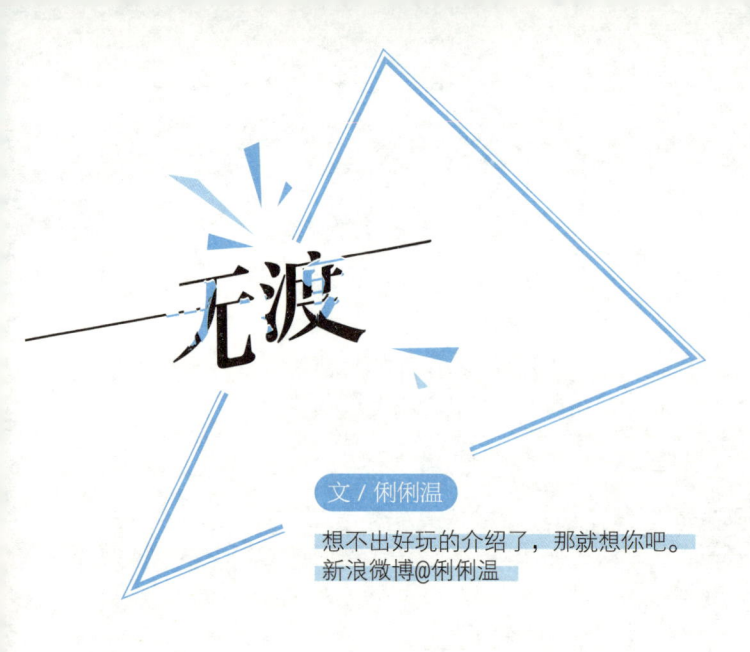

想不出好玩的介绍了,那就想你吧。
新浪微博@俐俐温

1

"天之骄子,前途无量。"

外人谈论贺清胤,总绕不开这么几句话——小重山山主幼子,出身显赫,又是前代无极剑尊深止的首徒,合该出类拔萃。

在众人多年的期望里,贺清胤果真长成了宗门标榜,一副端正自持、沉稳内敛的模样,十几岁就已经在武林世家小辈里颇有盛名。但他从不敢懈怠,练剑十分用功,演武堂里他向来早到晚走,简直在山门同龄人中璀璨发光。

师长通透,早早隐晦向他讲过,说日后所当无敌之时,自当孑然孤独。贺清胤知晓高处不胜寒的道理,但到底有些少年心性在,师兄弟们结伴逃学游玩,被抓住罚抄剑谱,凑在一起叽叽喳喳好不热闹,他看了,心里还是有些羡慕。

十五岁时,他遇见了当时看来非常了不得的一个大坎儿。

贺清胤顺风顺水惯了,大大小小的比试总是他拔得头筹,获赞誉无数，实属世家少年第一人。那一次，他却输给了一个名不见经传的小门派弟子。

那个少年与他差不多年岁，气场并不突出，行头比起他的锦缎长袍略显寒酸，所用招式简单，却又稳又准，几十个来回，灰扑扑的一把剑竟已抵在了他的心口。

贺清胤呆在原地，觉得仿佛天都要塌了。

他并没有轻敌，每位对手他都认真相待，可就是因为这样全力以赴也没有赢，才让他更觉得错愕丧气，无地自容。

台下坐着各门派长辈与新一代的佼佼者们，有人为他惋惜，有人隔岸观火拍手叫好，有人眼神玩味，像是巴不得来个人把这个天之骄子拉下神坛。

那天是怎么回的小重山，贺清胤已经不记得了。他一路都浑浑噩噩的，所幸师尊深止没有苛责，只是说："你现在就明白人外有人的道理，倒也是件好事。"

他又去向父母和各大长老请罪，说给山门丢了颜面，父母脸色不大好，但也顾及他的情绪，没说重话，只叫他日后还要加倍精进剑术，末了又叹了口气。

一句人外有人，一声叹息，叫贺清胤夙夜难安。

他愈发刻苦勤勉，没有浪费掉分毫的天分，更学会了定心养性，除了剑法功力，其他的刀术骑术也没落下。冬日里，天不亮他就在院子里温习新学的招式，却听后方忽然有声音传来，一道清朗的少年声问他："师兄是铁做的吗？"

贺清胤猛地转头，问："谁？"

院子的后墙上趴着一个圆圆的脑袋，露出一双清亮水灵的眼睛。

"他们说贺师兄是铁做的，可以不眠不休，不食不饮。"

"是真的吗？"他诚心发问。

贺清胤这才看清，那人穿着小重山的校服，看衣袖上的花纹样式，应该属擅长刀法的松霖长老门下。

贺清胤刚练了新招，心情还算畅快，对在平日可能不会搭理的问题，这天却出奇地有耐心，他仰头看着墙头的师弟，反问道："你觉得呢？"

师弟眨眨眼，从那边翻过来，整个人骑在墙头，兴致勃勃地说："那我要摸摸才知道呀！"

还没等贺清胤说什么，他就已经麻利地跳进院子，三两步走近了，捏了捏贺清胤的手臂，眼神竟然有点失望，说："哦，原来不是啊。"

贺清胤绷着一张脸看他，示意他摸完了就赶紧走。他却没有就此收手，下一刻，竟抬手贴了贴贺清胤的脸颊，笑道："天儿也忒冷，脸都给冻白了，我给你搓搓！唉，师兄的眼睛可真好看……"

贺清胤愣了愣，又很快将他的手拿下去，眉宇间的神态叫人倍感疏离，他淡淡道："没什么事就回去吧。"

被生硬地拒绝，这人倒也不气恼，笑盈盈说了句"那我走了，师兄再见"，便又从墙头翻过去，一瞬的工夫，人已经不见了。

余贺清胤留在原地，双颊双耳被搓得通红，只觉得莫名其妙。不过确实是不太冷了。

2

贺清胤剑式日渐进益，水平早已超过同期弟子大半截，慢慢地，他不再去演武堂。

师尊深止长老在后山禁林闭关，他便跟着去，师尊在石门内静修打坐，他便拎着长剑，在门外对着剑谱比画。

师尊十来天开一次门,他把学不懂的招法攒在一起,等师尊开门的时候与他探讨。

禁林几乎无人踏足,一天到晚只能听到蝉鸣鸟叫,与树叶的沙沙响声,贺清胤习惯了这种孤独,倒是师尊劝他,还是多下山与人来往,小小年纪,莫养出什么病来。贺清胤摇摇头,只觉得时候未到。

师尊问:"没有师兄弟来找你吗?你在这儿这么久,他们会想你吧。"

贺清胤沉默了一会儿,才闷声道:"没有。"

只不过夜晚躺在竹榻上,贺清胤偶尔会想到多日前一个跳上他墙头的师弟,不知他离开院子后,那个小师弟有没有再去找过自己?

半晌,他又摇摇头,心想:不会,我这么无趣,整天除了练剑还是练剑,他不会想来跟我玩儿的。

翻个身闭上眼,他觉得还是不要再想那个人了。

小半年后,贺清胤将手上那本剑谱练完,觉得自己好像能打败当初那个胜了他的寒门子弟了。深止长老再次开门时,他向师尊告别,说要去完成一场比试。

深止一眼就看穿他心中所想,问:"你是要去找他?"

贺清胤不藏着掖着,点点头。深止知道拦他不住,看着弟子执着坚定的眼神,他说话有点犹疑:"此去求战,结果可能不会是你想要的。"

贺清胤倒是信心满满:"我练了很久,这次一定会赢。"

深止只好叫他去。

只是到了那小门派的地界后,贺清胤才知道,师尊那句话到底是什么意思。

他本来准备了拜帖，想去那小门派郑重邀请那人来比试切磋，但好巧不巧，在到人家师门之前，竟在大街上先遇到了。

那人样貌没怎么变，贺清胤一眼就认出他来。

不大的年纪，他倒已经学会了喝花酒。

他被人簇拥着，从青楼里出来，排场早已不似当时的单薄寒酸。

与他年龄相仿的弟子们跟在他后头，吵闹道："师兄再说说你打败了贺清胤的那场比试？我那时没去成，很是遗憾……"

那人正在兴头上，巴不得有人来提这桩"辉煌"往事，接过了话，借着酒气嚷嚷道："你们可不知道，贺清胤出身名家、师从名师又如何，到头来怎么样？上了比试场还不是输给了我。"

贺清胤在暗处捏了捏拳头。

但他很快发现，众人听完他的吹嘘，气氛并不像他想象的那样，在那人看不见的身后，大家各个挤眉弄眼，神情颇是揶揄。

那人好端端走着，背后突然被人踹了一脚，他一个不稳，倒在地上。

周围的人哄堂大笑："看，他被我打趴下了，那岂不是我也赢了贺清胤！"

那人当然羞恼，起身拔了剑，当街就要跟人拼个你死我活，但是三两招过后，明眼人都看得出，那人根本无法招架一个普通弟子。

大家不再佯装敬他，纷纷嘲笑道："你也就运气好，胜了人家贺小公子一招，回来就宣扬个不停，剑也不练，师长都不放在眼里了，好好一点天赋，竟这么快被你嚯嚯没了，也不知贺清胤看见了，会不会因为曾跟你做过对手觉得丢人？"

贺清胤盯着那群人，惊讶地睁大眼睛。

大家哄笑着散去，那人被羞辱一番，跌坐在街头，神情涣散。

贺清胤走近了，见他双眼无神，钱袋散落在地上，一身酒气，剑都拿不稳，口中还喃喃道："你们知道什么，我当初可是赢了贺清胤的……我赢了他……我赢了……"

贺清胤蹲下来，把他撒在地上的碎银装好，还给他，起身拍拍衣摆离开，知道自己不用再比了。

他知晓了出门前师尊欲言又止是为何。

这大半年里，他不止一次地想象，再次遇见那个对手，该用什么招法，躲他剑锋该走什么步阵，到最后应该如何堂堂正正地打败他。

而如今，他想胜这个人，简直不费吹灰之力，但他却并不觉得开心。

回到山门，贺清胤不再像以往那样执着于每个剑招，但这桩事到底有点压着他，叫他心里不快活。

3

平日的练习还是照旧，但他的心境有些许变化，暌违多日，他出现在自己的后院里，今天读读四书五经，明天看看刀谱，后日研究点兵器。

"好刀！"

是一个不太陌生的声音，贺清胤转头，果不其然看到松霖长老门下的那个小弟子。

他不知道从哪里冒出来的，仍骑在墙头，大半年不见，脸颊上的肉又丰润了些，肤色雪白，个头也长了，初现少年人的纤细修长。

像只轻盈敏捷的虎仔。

他熟门熟路地跳进来，问道："师兄！你之前去哪儿了？我来了好几趟,都没看到你。"

贺清胤有点讶异,清了清干涩的嗓子,回道:"在跟师尊修炼。"

他"哦"了一声,说:"那你下次走之前,要跟我说一声呀,不然我还担心你呢。"

贺清胤不明白为什么他会对一个只见过一面的人产生担心这种情绪,也不知道他连姓名都没通传过,叫自己日后怎么找他去打招呼。

但听他这样说,贺清胤心里不免还是隐隐有点愉悦:原来在山林中埋头修炼的日子里,也有人记挂着我呢。

来者的目光已经被贺清胤手上的刀吸引住,赞叹道:"好锋利的刀。"他单手提起刀柄,当即在院里耍了几招。

那刀是几十斤的重兵器,贺清胤拎起来都觉得吃力,可他的招式却轻快灵活,丝毫没有被刀的重量拖累。

他停下来,得意扬扬道:"怎么样?我力气可大了,掰手腕整个山门无敌手,我师尊都说我是可造之才呢!"

"不信?"他扬扬眉说,"那师兄来跟我比一比?"

石桌对面,两人的手紧紧握在一起,贺清胤拼了全力,仍然无法撼动那只纤白的手臂。两只常年握剑握刀的手并不细嫩,二人僵持了一会儿,贺清胤败下阵来。

"你赢了。"贺清胤不动声色地说,"你出了这里可以告诉山门上下,你赢了我。"

赢了宗门标榜贺清胤,好大的饭后谈资,没人想错过。

他不如自己主动一些,大度一些。这是他修习到的体面的输法。

对面的人却愣了愣:"这有什么好宣扬的?"

接着那人又满不在乎地说:"我来是为了见你,我的目的达到了,输赢有什么重要的?再说,师兄那么强,偶尔输一输,又怎样？"

输赢有什么重要的？偶尔输一输，又怎样？

他愣在原地，好像心中那颗久久沉寂的种子骤然破土而出，发芽，成苗，生长，渐渐成为一棵亭亭的树。

贺清胤十六岁，输过两回，一回让他心生执念，一回让他放下执念。

贺清胤站在原地，觉得自己好像一个傻瓜。

4

人走了，贺清胤也没来得及问他的姓名，只好托了院子里的小厮，叫他去打听。

小厮伶俐道："嗐，许沛元嘛！他去年入的宗门，是山主夫人捡回来的，听说他是什么侠士之子，故友后人，父母被人所害，他无处可去，夫人就带了回来。"

"他性子好，常日里开朗跳脱，跟谁都聊得来，小重山上下，人人都喜欢他。他还天生神力，大大小小的同门们，见了他，都叫他一声元儿哥。"

许沛元。贺清胤默念这个名字。

再往后，那许沛元也偶尔来，每每骑在贺清胤后院的红墙青瓦上，探头探脑地来瞧他。

贺清胤新练了一招"半月斩"，院里的花朵被他挑起，几个来回，剑尖竟在花瓣上刻出了字，许沛元哇哇赞叹，骑着墙鼓掌。

贺清胤摆一局棋局，跟兄长在院里切磋，许沛元路过，趴着门框，大喊一声："那指定是贺清胤师兄赢！"

贺清胤背《资治通鉴》，许沛元从墙后抛来一瓶润喉的雪梨水，叫他早些休息。

035

天气渐冷，贺清胤后院的墙上结了霜，他想告诉许沛元别翻墙了，走正门吧，但他十几年间从未有过主动跟同龄人交好的经验，一时竟言语匮乏，不知如何说出口。

思来想去，若他执意要来……

那就给他放个软垫吧。

翌日，山主夫人来看贺清胤，瞧见墙上铺着一块骆驼绒的厚毯，疑惑道："你把它挂在墙上做什么？"

贺清胤不自然地咳了咳，含糊道："给软垫晒晒太阳。"

说来也怪，自放了软垫后，许沛元竟一次也没来过。

等了几天，贺清胤还是有些坐不住，出门去了刀宗那里，这才知道，许沛元病了。

他烧得迷迷糊糊，松霖长老在旁照顾，半是心疼半是念叨："这下可好，染风寒了吧，叫你别乱跑……"

长老转向来探望的贺清胤，倒是觉得稀奇，嘴上仍继续絮叨道："元元这小子，一天天风风火火，动若疯兔，上山下海，像个街溜子一样窜来窜去的……"

贺清胤正去探许沛元的额头，闻言蹙眉，这话他不爱听，忍不住回道："长老，元元没您说的那么粗俗。"

松霖长老翻个白眼，嚷嚷道："倒是人人都偏袒许沛元。"说罢他便端着药碗出去了。

许沛元没什么意识，贺清胤从口袋里掏出一颗糖，喂进他刚吃过苦药的嘴里，边喂边小声道："吃糖不大好，但你年纪小，戒糖吃药定是不可能，姑且忍一忍，少吃点罢。"

许沛元不过几日就又生龙活虎地下地，卧于病榻上的时日里他浑浑噩噩，什么也不记得，只觉得模糊间有人轻轻摸他的脑袋，还喂他吃糖，他醒后想，松霖师尊竟还有这么体贴人的一面，实在难得。

师门又新收了一批弟子,为报答师尊照顾之恩,许沛元主动包揽下给师弟师妹们传授基本功的差事,忙来忙去,没有时间再到处去闲逛。

但贺清胤不知道这些,只见许沛元不来,不知为何心中有点恼火。

晚上他睡不着,便偷偷跑去刀宗那里,看见墙角处许沛元十分宝贝的几盆药草,愤愤踱过去,撒气似的,偷偷将其给踹翻了。

半夜,他又觉得不妥,许沛元把那几根药草当亲儿子养,看见药折了,岂不是要伤心撒泼?

他便又很没骨气地悄悄溜回许沛元的院子,翻墙进去,把药草重新埋下去,把土壤压实了,还不忘再给花盆浇点水。

前前后后,实在不像他平日里坦荡的作风。

后来药草又长大了一圈,他还是没等到人。

再后来,贺清胤有时路过松霖长老门前,看见许沛元咋咋呼呼地吆喝后辈们扎马步,练刀功。

大家不太怕他,边练功,边和他嘻嘻哈哈,许沛元站在人丛中央,人丛就变得快乐起来。

他向来是讨人喜欢的,贺清胤想。

但许沛元高兴,贺清胤远远见了,心里也觉着快活。

5

小重山上什么都学,贺清胤十七岁这年,跟剑庐的师父学铸艺。

他用家传的西乾剑,一剑寒光,是可镇九州的名剑,自是无需给自己铸。但他学得勤勤恳恳,恰好剑庐师父带来一块稀见的蒙沂矿山精铁,他花了个把月工夫,锻造出一把重刀。

这是把长柄平刃刀,铸得很利,光照塞月,色明如昼。铸剑师父赞不绝口,只是有些疑惑,这么重的刀,鲜少有人拿得动,放到山门武器库里,怕是要好刀蒙尘。

贺清胤给刀上最后一层工艺,在右侧刀柄不易察觉的地方,小心翼翼地画了两个圆。

他起身,状若不经意道:"松霖长老门下贤才辈出,总有人拿得起来。"

铸剑师父忽然想起:"对了,是有这么个弟子,出了名的力大,回头叫他去武器库试试。"

贺清胤却道:"他不过十六岁,年纪尚轻,等再过两年,再传他去拿'无渡'罢。"

他给刀起名无渡。私心许执念留在他方寸心间,长长久久,难以超脱。

铸完刀,山主叫他回去,说有一师伯在疑岭失踪,深止长老决意去寻,并提议,贺清胤可以跟着他,当是一次历练。

他答应了。

临走时匆忙,母亲只来得及给他收拾一个小小的包袱,他回自己住处带上剑时,鬼使神差地走到后院,抬头看那一片红墙青瓦。

墙上的厚毯历经风吹雨打,飘坠在一头,自放上去起,许沛元便再没来过。而他不吩咐,院里的下人也没人敢收,骆驼绒便这样干巴巴地、破碎地摇晃着。

贺清胤站了一会儿,转身离去,跟小厮说:"把它扔了吧。"

疑岭凶险,贺清胤随师尊奔走一个月,堪堪走到边境,那里密林丛生,处处可能有瘴气,大家小心翼翼前行。又听闻疑岭人惯会施迷药幻术，贺清胤更不敢放松，屏息观察周围，这般做派，旁人见了，不知道的还以为他是个老江湖。

到了深林中央，一行人算是好运，没遇上什么棘手之事。入夜，大家驻营休息，有大胆的师叔开玩笑，说疑岭女子的幻术了得，能把一介高手都迷得团团转。

师叔存心逗年纪最小的贺清胤，说："贺贤侄可要小心了，那些女子最爱你这样细皮嫩肉、俊俏无尘的男儿郎。"

贺清胤绷着脸，静静回道："我会小心。"

深夜，火把都灭了，贺清胤躺在一个小帐篷里，困意来得很快。

他做了个梦。

梦里有个人，修长身材亭亭模样，一段身姿清秀如竹，贺清胤走近了，才看清那人的脸。那人抬起头，面白如雪，扬眉一笑。

贺清胤被惊醒，只听帐篷外隐隐有人呼喊："有迷药散布，大家掩住口鼻！"

贺清胤连忙用手巾捂住口鼻，却发现自己正思绪混乱。

他缓缓并起腿，身立如松，静心打坐。

可脑海中的身影，却如何也挥之不去。

6

前辈师伯的尸骨是在一处断崖下被找到的。

他从悬崖峭壁处坠落，手里还紧紧攥着一株奇药九明芝，众人推测，前辈是为了给自己家中缠绵病榻的妻子治病，才不远万里到此，铤而走险来采药。

深止长老默默给他收殓了尸身，用火燃了，烧出小小一坛骨灰。

生死有命，但也该给人留个念想，深止收好骨灰坛，准备将其送回他家人手中。

众人从疑岭深处撤退，哪知进来容易出去难，疑岭人善蛊，回去的路上，有几人无意间中了招。蛊毒发作之时甚为恐怖，只见他们七窍流脓，骨缝断裂，下场异常凄惨。

贺清胤头一次见到这样的惨状，时时吊着一颗心。

疑岭人兵不血刃，又躲在暗处，极为难寻。况且还有瘴气林阵，他们一行人进来用了一个多月，但要出去时，竟周旋了小半年，才得以逃脱困境。

等出了疑岭，贺清胤整个人简直瘦脱了相，师尊为了保护他，腿上中了一箭，他心中愧疚，暗怪自己不够强大，拖累师尊。

也是头一次，他心中滋生了对他人的恨意。疑岭人玩弄他们于股掌之间，此仇不报，心有不甘。

但是谁都知道，现在活着出来已是万幸，再回头去报仇，除非不要命了。

贺清胤这才明白，原来世人口中的江湖，不单有鲜衣怒马，张扬肆意，更有穷凶极恶，忍气吞声。

师尊伤势重，必要回小重山医治，贺清胤派人将师尊送回去，他接过那罐骨灰，独自去往南方，将其送归师伯家人手中。

再回去时，已是离开山门后的一年。

贺清胤拖着浑身的疲惫，从山脚走上来，到了自己的小院门口，他却顿住一会儿，转身去了刀宗那边。

走入那个熟悉的门时，已经深更半夜，贺清胤坐在床边的凳子上，床上的人背对着他，发出轻盈的呼吸。

贺清胤倚着檀木床框，透过他的窗户看月亮，没有叫醒他，只低声自言自语。

"我把师伯的骨灰送回他家了，可他夫人早已去世，就在他离开家去寻药的第三天。

"我找到夫人的墓,把他们合葬了。

"疑岭的瘴气林里,我们没了好几个同伴,我抱着骨灰坛问师尊,问他我们来做什么,送死吗?就为了师伯的一具尸骨,值得吗?

"师尊打了我一巴掌。他第一次打我,打完眼睛也红了,说,哪有什么值不值得。

"我知道是我太混账,不该说那些话。但是那时真的太怕了,我这辈子也忘不了刘叔临死时渗血的眼睛。

"但师尊说得对,朋友生死未卜,没有什么值不值得,尽管前路凶险,也是要去的。

"要是我以后失踪了,你也会去找我吗?"

晚风沙沙吹过,许沛元在梦中轻咛一声,转过身来,仍旧没醒。

碎光岚烟,衬得他的脸如同一段琥珀月牙,贺清胤悄然看着他。

"还是不要了吧。"

你要健康平安,快乐肆意地过这一生,离这些血腥之事远远的罢。

7

贺清胤随师尊在密林洞府里养伤,伺候服侍几个月后,师尊情况好转一些,他再回到山门里自己那方小院时,遇到了剑庐师父。

铸剑师父高兴地说:"无渡刀果然有了主人,那个叫许沛元的弟子来拔了刀,爱不释手,松霖长老便从我这儿讨了去。"

贺清胤笑笑,他知道许沛元会配得上那柄刀,但没想到会这

041

么快,他还没到十八岁。

他往刀宗那里走,却被铸剑师父拦下,他说:"听闻许沛元跟同门师兄下山参加少年群英会了,你要想看他耍刀,得等他们一行人回来。这回群英会在万神台办,办得热闹,他们年纪小,爱玩儿,估摸着前前后后需两三个月才回得来。"

贺清胤停住脚,提了剑回院子,仍是温声笑,说:"晓得了。"

少年群英会嘛,他几年前也参加过,但其他人与他差距颇大,后来师尊就不叫他去了。他原本以为自己等得了,在教后辈们练功时,却偶然听见他们讨论起来。

"元儿哥可真争气,说不定能夺得魁首呢,咱们小重山剑宗有贺师兄一骑绝尘,刀宗又出了个后起之秀元儿哥,可喜可贺呀!"

"我也听说了,不过元儿哥还有个强劲的对手,是北方的一个小姑娘,也耍刀,他们俩可真是不相上下。"

"哈哈,不仅不相上下,也惺惺相惜,昨日有从群英会早回来的师兄,说他二人来往密切,那北方姑娘飒爽,不拘小节,看起来跟元儿哥甚是相投。"

"哎,那说不准,元儿哥这回能直接把嫂子领回来呢!"

大家笑作一团,甚至谈论了该帮许沛元备什么聘礼。

贺清胤站在原地,眼神一阵空茫。

他不肯听信传言,当夜便打点了管马骥的同门,挑了一匹神驹,远下万神台。

上千里路,他连跑两天两夜,连口吃食都没咽过,第三日清晨,抵达了万神台附近的河边。

他瞧见万神台上,那个小姑娘终究落败在无渡刀下。许沛元身姿翩跹,挑落她的发带,墨发飘扬,刀尖稳稳当当落在她的颈侧。

在场的人都看得清楚,姑娘输掉的哪里只是一场比试,更有

042

一颗心。

贺清胤风尘仆仆,却苍白着脸,他站在河边一段伶仃的桥头,那一边是被人高高抛起庆贺的许沛元,贺清胤萧萧索索地立在那里。

贺清胤在寂静漆黑的夜里,原路返回小重山。

他不知道自己在跟什么较劲,但心口总有东西压着他,又酸又胀,又苦又疼,无法宣之于口,无法消退祛除。

他总是闷闷不乐,师尊看在眼里,说:"你今年十九,也到了该自己行走江湖的年纪了,待在山门里找不到的答案,不如游遍山川湖海,看看有没有什么结果。"

贺清胤晚上回了院子,还练了那招练透了的半月斩,在给第二十七片花瓣刻上字后,他收了剑,打点了包袱,与父母师长告别,独自离开了小重山。

8

贺清胤游历在外,见闻许多,真正理解了那句"人外有人"是何意思,岚疆十六煞、烟南七星散人、漠西长恨刀、蜀陵唐门……多得是功法强悍的高手。

他年纪轻,在小一辈里算是翘楚,但真入了滚滚江湖,无人在意你的出身年龄,刀光剑影,危机四伏,那是个凭本事过活的地方。

他下山的第一年经验不足,一副侠骨心肠,满身的正义感,殊不知这样行事,会招人暗地记恨。后来被人利用加害,那人想将他杀死在一方古阵中,幸亏有多年练就的好身手,他才在那场埋伏中幸免于难。

第二年倒是好些了,他懂得时时警惕,会分辨一些人心,也渐渐交了几位性情相投的朋友。

北方涝灾，他们顺应江湖盟主的号召，奔赴而去，协同官府治理水灾。

北方饿殍千里，瘟疫横行，堪称人间炼狱，他为救一个溺水的病弱幼童，不幸染上了疫病，险些被阎王收了去，好在后来有药可医，叫他捡回一条命来。

再往后，他行走四处，至东海之滨、昆仑以西，看遍了大半河山，广交有志之士，行侠仗义，扬善除恶，渐渐在江湖上有了名气。

贺清胤剥离了家世与师长的光环，真正成为世人眼中的正道标榜。

他离开那几年，也常给小重山写信。

每每伏案写家书，他都认认真真写满一整页，说自己拜会了什么前辈，行了什么好事，又问父母近日可否劳累，问师尊身体可安好，问山门新来的师弟师妹们可有进益？

写到最后，总是留一行空白，足以写下一小句话——

"刀宗许沛元安否？"

江湖夜雨十年灯，这些年里，他每每遭了什么难事，想一想多年前骑在墙头的一个虎仔，便又能起身再打几轮。

许沛元自然是安好的。

回信里可以看出，松霖长老愈发器重他，师门上下都喜欢他，那人常日欢乐，前途光明。

只是当年万神台上的姑娘，许沛元从群英会独身回来后，再没了联系。

贺清胤二十四岁时，跟不久前下山的同门师弟偶然相逢，师弟讲起许沛元一年多前已离开小重山，说是去趟西域，后来鲜少有音信传回。

贺清胤怔在原地，苦笑一声，如今许沛元不在小重山，自己对他的近况也无从晓得了。

但或许是上天有意，不久后，他竟在蜀陵之地见到了许沛元。

他原以为是自己看错，那人修长挺秀的身姿，一个潇洒背影，长得快要跟他一样高。

那一队人往南走后，他才听人说，那里有个小重山门下弟子，一行人要去往疑岭，寻一个人。

霎时，贺清胤多年前的阴影呼之欲出。

疑岭！万蛊奇毒聚集的疑岭！许沛元去了，岂不是送死！

他当即赶马追过去，奔走整整一夜。多年不见，那些疑岭人竟更加猖獗，许沛元一行刚刚入林，就有大批五毒之物群攻他们。

许沛元被毒气伤了眼，一番恶战下来，他已经精疲力竭，毒性在体内横行，就在他以为自己要命殒时，忽然一阵剑气来袭，将他挡在了身后。

贺清胤早已不是当年受疑岭人拿捏的小少年，西乾剑一剑寒光，数招之下，幕后操控之人被他逼至现身，毒物汹涌而至，多年的江湖经验令他不再畏惧，几十个来回，对面的敌手一个个被他击毙。

一行人获救，正要道谢，却见那黑衣翩翩的冷峻少侠，一把带走毒性发作摇摇欲坠的许沛元，当即上马，绝尘而去。

留一众人在原地面面相觑。

9

贺清胤把许沛元安置在一方农家院落里，寻药来给他医治。

许沛元意识模糊，只隐隐觉得被人相救，想翻起身来道句谢，却虚弱得连眼皮都抬不起来。

用了苦药后，嘴边又被塞了一颗糖，恍惚间他好似回到多年前的小重山，那时也有这样一段记忆。

许沛元的情况渐渐转好，贺清胤却无法再留在此地，好友千里传信，说家中门派有变，望他鼎力一助，贺清胤不可能拒绝。

许沛元醒来的时候，只看见农家的医女，问是否是她救了自己，医女笑了笑说："是一个少侠把你带来的。"

她又道："他说他是你哥哥。你哥哥对你可真好。"

哥哥，许沛元在唇间喃喃这个称呼，实在想不起自己哪里来的哥哥。

贺清胤忙完好友那边的事，已经是大半月之后，再回到医女家时，许沛元已经走了。

医女说："他等了半月想当面对恩人道谢，但没等来，他说他还有要寻的人，留了封信，就走了。"

贺清胤看到许沛元的笔迹，一长串的感恩致谢，最后还写，自己去了西沅，如果因缘际会能再相见，再报大恩。

贺清胤抚额，蹙紧了眉，自己在西沅紧赶慢赶处理完事情回来，许沛元竟转头去了那里。

若是从前，贺清胤只当他二人冥冥中就是要错过，但这次，他终究有些担心许沛元的身体，思虑了一会儿，有了决意。

他站在原地，想，许沛元不知江湖险恶，这段日子还是得自己暗地里相护，偷偷地看住他，就算被他发现了，也不过是师门兄弟情谊深厚。

他点点头，被自己说服了。

再回西沅，他很快寻到了许沛元的踪迹。

许沛元仍旧是那个许沛元，呼朋引伴，与一行人欢声笑语，船舫上传来三教九流的各种口音，许沛元在其中，如同入了水的鱼儿般自在。

贺清胤远远瞧着，许沛元混杂在喧闹里，偶尔高声说两句话。

夜晚山峦影嶂，笛声杳杳，贺清胤躺在小舟上，星星映在水波和他的眼中，他奔走江湖多年，竟没有一刻，像现在这般舒心自在。

许沛元仍在西沅逗留，贺清胤朋友那边的后续之事还在处置，他得闲了，就去帮一帮。

他帮朋友理完兵器谱，一身疲累，走出府院，在长街上找到许沛元。

许沛元在街口跟人学胸口碎大石，由于缺乏经验，石头没碎完，大家哄笑着离去，他倒也不恼，笑呵呵地又试了一次。

贺清胤从人群中走近了，用小石子借力击打，石块这回裂了个彻底。

许沛元帮摆摊的老妪编竹筐，一双白皙的手被竹条勒得发红，也没编出个正形，他倒乐在其中，老妪笑骂他给自己找事，这筐定是卖不出去了。

等许沛元离开，贺清胤来到摊位前，花一块碎银，把筐买了。

许沛元路过河边，跟浣衣的小孩唠起来，不知说了什么，小孩咯咯地笑，脚下不稳，差点滑进水里，被许沛元眼疾手快地拉住了。

他说："你不会游泳也没事儿，我会，元儿哥去救你。"

贺清胤看着他，心里默默说：我也不会游泳，也要记得救我啊。

10

贺清胤不能久留西沅，许沛元的伤势已然大好，他也没了理由继续跟着他。

有素城的友人娶妻,请他一道去喝喜酒。江南夜雨绵绵,一群人在喜气盈盈的氛围下,不禁都有点喝多。

成婚的友人醉醺醺地说道:"世人都说,娶妻娶贤,我倒不这么认为,还是得二人性格互补些,日子才更有趣味。"

他看着贺清胤,说:"比如咱们的贺贤弟,这样不苟言笑的翩翩君子,非得配个跳脱撒泼的小姑娘,那日子才欢腾快活呢。"

贺清胤愣了愣,没想到话题落在了自己身上,一时脑中一滞。

他晕晕乎乎的,灵台不太清明,竟顺口接了友人的话,点点头,说:"是啊,是要很可爱的。"

周围的人顿时起哄,逼问他看上了哪家的姑娘,贺清胤这才惊醒,察觉自己口无遮拦,三言两语间,把话题岔了过去。

只是夜晚在床榻之上,他却又不可避免地想起众人的调笑。

夜风吹进来,他清醒了,呆呆坐立于榻上,莹莹月色下,竟生出些迷茫。

他不知道自己这样到底算什么,他想,要不就回小重山成亲吧,父母本就常常写信来催。他出身显赫,功法高强,长得也出挑,应该有很多宗门贵女愿意来结亲。就算他没什么爱意,提前跟人家姑娘说清楚,姑娘同意后,二人相敬如宾一辈子,也是做得到的吧。

他无助地捂住双眼,这么多年了,他仍旧没有寻求到一个正确的答案。

再经一场恶战,是在他离开西沅的第二年。

昆仑魔教偷袭武林盟,中原武林世家毫无防备,元气大伤。贺清胤闻讯赶去增援,哪知路上也有埋伏。

魔教为断小重山后路,专门派了几位高手来拦截他,魔教人功法诡谲，处处都是杀招，将人逼得节节后退。

但贺清胤也不是等闲之辈，凭着多年武学积淀，一番厮杀之后，终了结所有对手。

这是一场恶战，他赢了，但也身负重伤，了结了最后一个人后，他终是心力耗尽，抵着剑半跪倒在一旁，奄奄一息。

他失血过多，浑身冰冷，却咬着牙坚持。

他不想死，死后变成一个孤坟，许沛元从他墓前路过，只会轻叹一声，可惜了贺师兄，然后转头该做什么做什么。

他不要这样的结果。

不知过了多久，他察觉到有人靠近，天生的警惕让他强打起精神，用最后的力气握紧了剑，冷声道："谁？"

或许真的有神明听到了他的祈求。

有人来了。

那人急匆匆走近了，半抱起他血流不止的身体，焦急唤他："师兄？贺师兄？"

"师兄可否记得我？我是小重山松霖长老门下弟子，我叫许沛元，我们多年前在山门见过的。"

你叫许沛元。

贺清胤看着他，想，你叫许沛元，我怎么会不知道你叫许沛元。

但下一瞬，他就失去了意识。

他再醒来是在一座热闹的高楼里。

来往的人身上都是脂粉味，贺清胤打量着屋子，有人进来，他认出这是肆春楼有名的花魁——浔因娘子。

美人进了门，给他端来浣洗的清水，还没等他开口就道："元儿哥跟我交代了，说你一醒来，肯定要问小重山的情况，小重山一切都好，魔教没有得逞，只是几位长老受了些伤，不大碍事。你要是担心，那也要等他们伤好了再回去看看。其他门派多有受损，但大体还算稳固，魔教没讨到什么便宜，你不用担心。"

浔因娘子讲完，又说："嗯，就是这些了，还有什么想问的消息，我一并告诉你。"

哪知贺清胤却盯着她，开口第一句问："许沛元去哪儿了？"

她还没回答，只听门"哐"的一声响，有人闯进来。

浔因娘子把人扶进门，走到床边，朝贺清胤道："你找的人来了。"

贺清胤扶住那人，这时才看清，那人竟是换了装的许沛元。

浔因娘子道："人我给你带来了，他好像有点醉，之前他说有魔教的接头人藏在这肆春楼里，便换装易容前去探听，现在瞧着，怕是中了什么迷药。"

她说完便走："我不方便照料，你们师兄弟情谊深厚，你来照看他。"

房间里剩下四目相对的两人。

贺清胤觉得恍若隔世，想起他们上一次面对面，还是在九年前，后来他给围墙上放了骆驼绒软垫，却没等到许沛元再来。

许沛元二十四岁了，脸上的奶膘还是没退，原本白皙的脸颊此刻却微微透着粉。

贺清胤静静地瞧着他，他的一段腕子皓白如雪，上头有点点红印。

贺清胤沉下眼神，盯着他的装束，低声叱问："你平日里就做这些？"

许沛元眼神不太清明，贺清胤问东，他朝西回答，他举起手腕，可怜巴巴道："蚊子好凶，总是咬我。"

贺清胤没有反应。

许沛元看起来有点生气，一双大眼瞪了瞪。

"你为什么不理我？"许沛元看着他，好像真的很困惑，开口道，"你是不记得我了吗？还是讨厌我？不会吧，当年我爬你的墙，你都会给我放个软垫的，现在关心一下我都不肯，唉……"

贺清胤浑身僵硬，不知该纠正他的措辞，还是该制止他的动作，半晌后，只是喑哑出声："你……你后来回去过？"

"当然。"许沛元嘟囔，"你又把它收了，我惦记了好几年呢。"

贺清胤胸腔中有什么东西轰然倒塌，心口传来沉闷的痛，坚守多年的某种信条仿佛就在顷刻间消散。

一面金箔屏风，绘十几层的重瓣蔷薇，如山如海的烛光里，贺清胤看着他。

许沛元不知对面之人心中方才呼啸过怎样的一场风雪与浪潮，见他不说话，便闷闷发问："你生气了吗？"

贺清胤捞起刚洗过的帕子，抹掉许沛元脸上的痕迹，摘下他的头饰，换下迷惑敌人的繁缛艳丽的外裳，显出内里一套利落的短打男装。

一张素净好看的脸，一段挺拔俊秀的身姿，一个真真正正的许沛元。

贺清胤望着他，少年时的场景与眼前的景象重叠。

十年了。

他是端方君子，这辈子做得最出格的事不过是踹了几盆许沛元养的药草。

他也是鼠胆之辈，这么多年都困于执念，却一字也不敢言。

一路历经那样多的犹疑，闪躲，无措，这一次，他终于看清了山门外的道路。

贺清胤仍在肆春楼养伤，那夜过后，却没再见到许沛元的面。

他的伤渐渐好起来，开始反思他师兄弟间是不是存有误会，毕竟许沛元在救他的时候，还怀疑贺清胤早就忘了他。

但是许沛元总是不回来，可怎么办呢？

他在房间里纠结懊恼，手底下的花草都快被薅秃了，正想着再见许沛元是不是要给他道个歉，就见浔因娘子慌慌张张地跑上楼，神色大变："元儿哥！元儿哥被昆仑魔教的人劫走，往西边去了！"

贺清胤面色剧变，神情冷凛到可怕，当即提了西乾剑，踢开花窗，刚想从三楼一跃而下，却被浔因拦住。

她犹疑道："元儿哥他，不知道他提起过没有，他因自幼被一对侠士夫妇收养，便被小重山以为是侠士之子领回了山门，但其实，其实他是昆仑魔教的后人……魔教这些年一直在找他，但他一心向着小重山，你是他师兄，知道他肯定不会与魔教为伍……"

贺清胤起先讶异一刻，但来不及震惊，听了一半，就已跳下楼去追人，他顾不得这些弯弯绕绕，他只知道要去救许沛元。

几个时辰后，他便已追上了那行人，贺清胤隐在丛林之中，暗暗观察，不敢打草惊蛇。

这只是一些魔教的漏网之鱼，他一人独打，完全有把握胜过，可是许沛元在他们手里，稍有不慎……

远处的篝火旁，许沛元被绑住了手脚，脖颈上被剑锋刺伤，隐隐有血痕。

贺清胤盯着那一道伤口，心中愤怒到极致，只想把那些伤害他的人铲除个干净。

他悄然靠近了，听那队人围在一起讲话。

他们讲的都是些腌臜话，说许沛元忘本，竟帮着小重山来对付昆仑教；又说中原武林自诩正义，其实肮脏得很；上了气头又骂小重山众人，从山主骂到山脚下的小喽啰；最终还说起现下的计划："许沛元，你不是最喜欢小重山吗？那好，我就把你带回去，当着你们山门众人的面把你宰了，挂在门碑上，你高兴吗？"

许沛元极不耐烦，冷冷看着他们，不屑与其争执。

那人喝了口酒："对了，还有你那赫赫有名的贺师兄，再厉害又如何，我们在他山门前杀人，他现在又在哪里快活？"

许沛元忽然无法忍耐，大喝一声："闭嘴！"

那人看他有了反应，走到他身边，饶有兴趣道："怎么一路上我说什么你都不搭理，说起这个师兄，你就这么激动，你就那么崇敬他？"

贺清胤看见许沛元闭了闭眼，过了一瞬，或许是觉得自己必死无疑，许沛元竟忽然笑了一声，说："是又如何？"

那人哈哈大笑："瞧瞧你养父母教出来的好孩子，真以为自己在小重山待了几年就成正派了？崇拜什么正道标榜的师兄，他不过是个道貌岸然、追名逐利的伪君子罢了。"

许沛元吞下一口血水，面对穷凶极恶的对手，目光毫不动摇，道："贺清胤是翩翩君子，仁义礼信面面俱全，他一颗赤子之心，如泉水如骄阳，就算我爹娘在世，也会夸他品性极佳，才容盖世，磊落坦荡。"

许沛元声音沙哑："我自小仰慕这样的人，想成为这样的人，有何难以启齿？"

贺清胤怔在原地，听到他这般绝境里的剖白，手里的剑险些拿不稳，一时之间，简直忘了呼吸。

13

丛林之间沙沙作响，屏息之间，已有好几个魔教人瘫倒在地。

贺清胤如同从暗夜里走出的修罗，他缓步踱过去，除掉最后一个魔教余孽，终于来到许沛元面前。

清风吹散血腥味，这情境，许沛元蓦然感觉到熟悉。

贺清胤松了他的绑，他看着他，声音沙哑："那年在疑岭，是你救了我，是吗？"

贺清胤沉默，许沛元几乎要失声："西沅有人跟着我，也是你，对吗？"

"我的无渡刀上有两个圆，我用了好几年才发现，那是你专门为我锻的，是吗？

"我十几岁的时候生病，有人喂我糖，还是你，对吗？"

贺清胤不回话，但许沛元已经知道了答案，他的眼泪止不住了，簌簌地直坠下来。

贺清胤手足无措地站在他面前，只知道抹去他的泪珠，安慰人的话，却是一句也不会讲。

许沛元闷声说："前几年，山门里的长辈知道了我的身世，他们说，许沛元是魔教后人，说非我族类，其心必异，又说世事无常，造化弄人……"

他顿了顿，继续道："可我遇见了你。"

你是正道标榜，我就向着正道；你行侠仗义，我跟着除恶扬善；你守护中原武林，我仍旧与你同行。

小重山墙头的软垫很暖，我去过很多回，可是你不在。

你与长老去疑岭，我好担心，在祠堂里跪了三天，祈求山门的列祖列宗保佑。

我那么急匆匆地往西沅去寻人，寻的其实是你的踪影……

年少时对贺清胤的敬重景仰什么时候变得如此之深,许沛元自己也说不清楚,只记得那年他在墙外徘徊了半个多时辰,想了一句别扭的开场白后,他跳上墙去——

贺清胤恍如遗世独立,仰头静静地看着他,他从此就决心同他一样了。

完

XIAO GEN BAN

贫穷心机 大学生 ▶▶▶
         VS
    ◀◀◀ 天真笨蛋 小公子

可爱日常 / 阴差阳错

小跟班的自我修养

文 ▶ 患者阿离

他们都只是小弟，
只有你是我最得力的助手！

小跟班的
自我修养——

■ 文/患者阿离

小短文写手。新浪微博@患者阿离

大学生刚从餐厅后厨出来，就在小巷子里被人堵住了。

几个西装革履的保镖牢牢挡住他的去路，身后一道清亮的声音嚣张道："就是他？"

有人谄媚应道："小公子，就是他打的我！"

保镖们让开一条小道，大学生眯了眯眼，看向倚在跑车旁的人。

被称为"小公子"的人看起来模样介于少年与青年之间，约莫二十岁，全身上下都是名牌，也亏得有一张好看的脸才没显得太像个暴发户。

打量完小公子，大学生才给他身边的人施舍了一点余光。

那人对上他的目光，浑身一抖，捂着脸似乎回想起了什么。

小公子整理整理衣领，锃光瓦亮的皮鞋踩过小巷积水，他走近大学生，眯着眼睛仰头问："你揍我的人，经过我的同意了吗？"

大学生很快便明白了，这是被自己揍趴下的人找了靠山，狐假虎威来兴师问罪了。

果然，那个小弟一副奸计得逞的模样，满脸写着：你等着被收拾吧！

大学生正准备说点什么，后厨的王婶大声喊大学生的名字："快来快来，婶儿一个人忙不过来！"

大学生应了一声，垂目局促地用围裙擦了擦手，轻声对面前的人说："上次的事可能是误会吧，这位先生骚扰……啊，不是，是想和我妹妹交朋友。我一时冲动动了手，很抱歉。

"还有，之前这位先生来这儿找麻烦……来这儿找我，不小心打碎了几十套餐具，这些理应由我来赔偿。但……可不可以先放我回去工作，不然今天的兼职费就没了。等我下班了，我一定诚恳道歉。"

后厨王婶见大学生迟迟不归，推门出来叫他，眼尖地发现墙边的小弟，顿时火起："你这无赖怎么又来了！呸，快滚！"

大学生走过去将王婶轻轻推进门，自己也跟了进去。

小公子越听眼睛睁得越大，一脚踹在小弟腿上："你不是说是他莫名其妙揍你吗！好啊你，当我好骗是吗？！"

小弟有苦说不出，大学生前面那些话是说得没错，可他来这找麻烦就打碎了一个盘子，还是大学生抡到他脸上的啊！！！

大学生在后厨洗了一会儿碗，又被叫去端盘子。

他长得又高又帅，附近很多学生都是冲他来的。

小饭馆生意火爆，每张桌子都坐满了人，还有不少人站着等位。

大学生端着面出去，一眼就看见了面色不愉的小公子。

小公子很久没体会过在小餐馆人挤人的感觉了，感觉哪儿哪儿都不舒服，看到大学生便直直走过去："给我安排个包间，我有话跟你说。"

· 059 ·

大学生借着将碗放在客人面前的动作叹了口气，心想他竟然还会追来，他转身柔声对小公子道："这里没有包间的。有什么话您直说吧。"

小公子不愿意："这儿人太多了，我要单独跟你说。这里有没有独立座位？"

大学生回："前厅都没座位了。"

小公子眉头越皱越紧："有坐的地方就行！"

大学生点点头："好，请跟我来。"

后厨里，小公子的脸快比锅底更黑了。

小公子："这儿能坐？？"

大学生替他擦了擦面前的小桌子和小凳子："我们的后厨干净卫生，客人才能吃得放心。以前我们店就有参观厨房的活动，您随便坐，没关系的。"

大学生去择菜，王婶戳了戳他："这人是不是和那个混混一伙的，你咋把他引进来了？"

大学生看了眼抱腿坐在木质小板凳上的小公子："他看起来挺乖的。"

过了一会儿，大学生炒了份盖饭递到小公子桌上。

小公子摸摸肚子，正好也饿了，心不甘情不愿地说了句"谢谢"就拿起勺子乖乖吃起来。

等大学生收拾完后厨，时间来到深夜，小公子已经困得趴在桌上打盹儿了。

大学生叫醒小公子，打包了些剩下的饭菜，带着他从后门走出小巷，又绕到前门去找小公子的车。

大学生问他："您是需要我跟您的小弟当场道歉吗？"

"不是。"小公子坐进车里，又探出头来，"那什么，不好意思啊。

我的人我会自己管教的。"

深夜的街上空无一人,也没有车辆,小公子本想走,但看着大学生孤零零地提着饭盒的身影,鬼使神差地又问了一句:"要不要我送你?"

大学生低头盯着他,都快把小公子盯得炸毛了才微微歪头,露出一个好看的笑容:"谢谢。"

现在正在放寒假,大学生不用上学,和妹妹住在几公里外的城中村里。

饭馆兼职他也是放假才做,开学后就没时间了。

小公子跟他聊了聊,突发奇想地问:"那你要不跟着我?帮我处理点简单的事,我付你双倍工资。"

大学生侧头看着他一张一合的嘴唇,想起他今天来找碴时的说法,笑着问:"你是说,做你的跟班?"

小公子没听出他语气有什么不对:"嗯,做小爷的跟班呗。"

大学生:"好啊。"

开学后,小公子果然说到做到,没事就带着大学生出入各种场合应酬交际。

大学生学习很好,工作上手也快,帮小公子处理起事情来得心应手,也很会照顾他的生活。

小公子更满意他了,以前小弟负责的事都让大学生来做了,小公子还越看小弟越觉得不顺眼,跷着二郎腿敲打他:"你以后别欺负他了,听到没有!"

大学生俯身轻轻拍了拍小公子的腿,让他别跷二郎腿,对身体不好。

小公子听话地把腿放了下来:"哦。"

小弟牙都快咬碎了，怎么看都觉得大学生是扮猪吃老虎，不然怎么这么快就能得到重用！

小公子带大学生去酒会见世面，大学生盯着红酒出神，迟迟没有拿起杯子。

小公子以为他没来过这种场合，不懂拿酒杯的姿势，就靠过去教他，一根手指一根手指地帮他放好："这样放就好，会了没？"

小公子又笑："你这个人长这么帅，去酒吧打工能赚不少钱，偏偏要去小饭馆的后厨做帮工。"

大学生抿了口红酒，放下高脚杯，往小公子面前的水杯中倒了点清水："多喝水，别喝酒了，会头疼。"

小公子被他伺候得舒坦极了，端着水杯冲他傻乎乎一笑。

笨蛋啊，大学生想，我以前去酒吧当过服务生，后来被人纠缠得烦了，才去了小餐馆。

小弟越看越觉得大学生碍眼，大学生来了之后小公子已经很久都不找他办事了，更别说带着他出去应酬交际。

小弟感觉自己在失去少爷这个"大腿"的边缘。

他决定找个能力差不多的人过来，最好能把小公子对大学生的重视分走。

这天小公子正在办公室的休息室睡觉，一睁眼就看见一个年轻人坐在旁边，殷勤地递来一杯水。

而大学生黯然地站在门口，正要转身离去。

小公子问大学生："什么情况！那是谁啊？！"

大学生声音低哑，说那人是小弟带来的。

小弟适时出现，搓着手道自己又给小公子找了个新的助手，暗暗敲打大学生，不要自以为不可代替。

大学生侧过头："嗯，知道了。"

小公子忙喝道："别瞎说了！"

以前小公子没想这么多，在他手下做事的人那么多，自己将他们统称为"小弟"。

但他们都没有大学生能力强，只知道奉承讨好自己，不会像大学生那样认真地为自己考虑，哪怕忠言逆耳也要说给他听。

小公子一把拽住大学生的领带，大声道："他们都只是小弟，只有你是我最得力的助手！"

大学生嘴角露出浅浅笑意："嗯。"

完

JING YU

孤独口吃 游泳天才 ▶▶▶
VS
◀◀◀ 乐观小太阳 游泳运动员

游泳竞技 / 青春逐梦

鲸鱼逐浪

文 ▶ 茂山

如果秋识没有读心术,
那么他们之间应该连接着某种频率,
秋识是那只振动翅膀的蝴蝶。

鲸鱼逐浪

■ 文/茂山

励志成为不用熬夜就能日更的咸鱼写手。
新浪微博@茂山MS

1

一辆大巴车从梧桐街道上开过来,拐了个弯,颠了几下后,车稳当地停在榕江省游泳中心的门口。

司机扯着嗓子朝后面喊:"省游泳中心到了,大家收拾好东西下车了啊。"

秋识一路昏睡,猛然被这嘹亮的嗓音吓醒,身体一弹,书包"哐当"掉在地上。

他正欲弯腰捡起书包,旁边的人一把拽过他的手:"兄弟,我们真的到省游泳中心了?你掐我一把!"

一群半大的少年听见这话,整个车厢都沸腾了。

一群人乌泱泱地朝着车窗靠拢,手贴着手,脸挤着脸,探着脑袋向窗外看去。

刺眼的光从玻璃折射出去,窗外那座屹立在阳光下的建筑物高大威严,只凝视着它,心中就能生出让人血脉偾张的英雄情结,或者说，是梦想情结。

仅隔着一扇玻璃窗，秋识望着它，手指不自觉地抓紧了窗沿。

这就是榕江省游泳中心，直到这一刻他才有一种真切感，他真的来到了这里，他做到了他的承诺。

夏至正是一年中最热的时候，道路两旁的香樟树都被太阳晒得越发油绿。

一群人顶着大太阳开始搬行李，秋识把行李箱搬下车，仰头看了看宿舍楼，刺目的阳光照在他白净的脸上，显得他更为挺秀如玉。

"秋识，你住哪个宿舍啊？"一个男生走上前和他搭话，见他的表情有点迷茫，笑着捶了他一下，"我叫高瑞，在车上时坐你旁边，你上车后和我打了个招呼就睡过去了。"

听他这么一解释，秋识有点不好意思，回答道："我住在三楼，你在几楼，要不要我帮你搬行李？"

"三楼啊！我还想着要是和你一个宿舍就好了，你别看我这人话多……"高瑞突然停顿了一下，极度兴奋地推了推秋识，"那个是不是孟琛啊！"

听到这个名字，秋识僵住了，过了许久才抬头去看高瑞示意的方向。

一个修长高瘦的少年从宿舍楼走出，一身黑色竖领运动衫在阴影里显得极为利落。

他低头注视着手机屏幕，衣领前那枚银质的拉链在不停地晃动，反射出手机屏幕上冷质的光。光弧映在他瘦削的轮廓上，冷粼粼的，衬得他如同苍白的雕塑。

直到那人把屏幕按灭，抬起头，秋识和他的视线碰撞到一起。

那一瞬间，秋识像是被定住了一样，一动不动地注视着他。

短短一刻，那人的目光就移开了。

"你知道他吗？他就是孟琛。"高瑞对有些魂不守舍的秋识说。

秋识下意识地点了点头，过了一会儿又摇了摇头。

"他很有名的，他年纪还很小的时候就几乎包揽了所有游泳比赛少年组的第一。去年联赛，他帮我们省拿了第一，这多光荣啊！"

高瑞摇了摇头："他可是我们省队的宝贝疙瘩，要送去国家队的，好多人说他是游泳界的少年天才。"

全国赛第一，这荣誉的确很耀眼。

直到孟琛的身影完全在视线里消失，秋识依旧良久地注视着那个方向。

他的记忆回溯到多年前，那个只会撒野的山村小孩，也是这样站在一座游泳馆前。小小的他站在馆外，隔着一扇玻璃门，注视着游泳池中一个如同鲸鱼般的男孩，他破水前行，那水花溅得好高。

2

把行李搬到宿舍门口，秋识站在门前还有点紧张，在心里酝酿了一下待会儿该怎么和舍友打招呼，推开门，才发现宿舍压根没人。

走进宿舍，秋识才发现这是一套双人间，房间被收拾得格外干净，有一张床铺着浅灰色的三件套，床头柜上还摆着一本书。

然而吸引秋识目光的是一个靠墙的玻璃展柜，里面摆放了很多精美的啤酒瓶盖和各种奖牌。

秋识有些咂舌地看着那些奖牌，这得从小到大参加了多少比赛才能有这么多奖牌？

不过令秋识感到疑惑的是，室友为什么要把奖牌和啤酒瓶盖摆在一起？

他的目光移到了床头柜上，这才发现那本书的名字是《怎么流利地说话》。

秋识现在倒是有些好奇这位室友到底是一个怎样的人了。

收拾完行李天已经黑了，秋识索性去食堂买点东西填饱肚子。秋识端着餐盘，问打饭的阿姨："阿姨，请问游泳训练馆几点关门啊？"

"晚上不关门，不过十点之后就会熄灯。"

"谢谢阿姨。"秋识朝她浅笑了一下。

此刻游泳馆的走廊一片漆黑，但是训练场地的泳池却传来"哗哗"的水声。

偌大的空间只亮着一盏射灯照亮泳池，而看台则被吞没在一片黑暗里。

秋识就坐在一片漆黑的看台上，他万万没有想到只不过是在观众席放了一下包，顺带做了一下拉伸，这短短的工夫，游泳馆里就走进来一个人，在他的注视下跃入泳池，如同一尾鱼在水中游动。

灯光下的水面变得波光粼粼，水中修长的身体正在不断地游动，无论是挥臂还是踢腿，那人都是一套漂亮的标准动作，处处无可指摘。

水里的人是孟琛。

秋识突然没有勇气若无其事地走下去，然后装作不认识孟琛一样自顾自地游泳，他自己都不知道自己在别扭什么。

长叹了一口气后，秋识打算坐在这空荡荡的看台区当一个隐形人，好好欣赏一下天才的泳姿。

也许是因为今天坐了一天的大巴，又在宿舍收拾了许久的东西,秋识有点犯困,盯着孟琛的视线也越来越模糊,他支着手想眯一会儿,却不由自主地就睡着了。

"哗哗"的水声好像也一并进入了他的梦里,他昏昏沉沉地梦到小时候的自己拽着一个男孩去爬树,他爬到树上特别神气地伸出手说:"来,我拽你上来,这上面的风景可好了。"树下的小男孩犹豫了一下,把手递给了他。

梦里他们并排坐在树上,白皙的小腿一晃一晃的,树叶被风吹得簌簌作响。

慢慢地,梦境好像和现实重合,他听见响动声,梦里的小男孩长成了一个修长高瘦的少年。

一个激灵,他忽地睁开了眼睛。

在微弱的光源下,他正好对上一双漆黑的眼睛——

孟琛!

秋识突然有些紧张。

孟琛换了一件黑色的连帽卫衣蹲在他的面前,支起手臂抵着下巴,五官清隽冷郁,漆黑的头发还是湿的,正在往下滴水,水顺着他线条明晰的下颌骨流到锁骨,在黑暗中,那片湿淋淋的皮肤是冷白色的。

一滴水落下,正好落在秋识的手背上,他立即起身准备离开。

只是还未等他站直,一只湿冷的手就扣住了他的手腕,以一种不容拒绝的力量把他按回座位。

孟琛抿了一下嘴唇,从口袋里拿出手机,亮起的手机屏幕把这小小的一方天地点亮。

周围都是漆黑的,水池里的水泛着粼粼的波光,而这一方明亮之地,只有两个少年,一个坐着,一个蹲着。

孟琛低着头打字,打完之后,把手机屏幕举到秋识面前。

明亮的手机屏幕上显示着几个字:"你为什么一直在偷看

我？"

手机屏幕的光直直打在秋识的脸上，映出他有些慌乱无措的神情，又黑又长的睫毛上下扇动了一下，他支支吾吾地开口："谁偷看你。"

孟琛把手机收了回去，修长的手指指着秋识，那双黑眸透着疑惑，像是在说，你为什么不承认呢？

或许黑暗的环境给人一种即使说错话、做糗事也不会暴露在光源之下的安全感，秋识豁然站起来，很大声地冲孟琛说："才不是偷看你，我刚刚明明看的是美人鱼。"

说完，他抓起旁边的挎包快速地往下跑，那道清瘦单薄的身影从观众席渐渐变小。

而孟琛依旧保持着原来的姿势，侧着脸，漆黑的眼睛注视着那个跑向门口的少年。泳池的水反射着光，荡漾的水波照亮了孟琛的颧骨，像是给他的皮肤上了一层釉质。

孟琛握着连帽衫的两根抽绳用力一拉，把脸锁进帽子里，在帽子里发音模糊地说了一句："无……无聊……"

3

一路跑回宿舍后，秋识揉了揉脸，懊恼自己没有出息，一见到孟琛竟然这么紧张。他吐了一口气，走到桌子旁拿着杯子开始倒水。

杯子还没送到嘴边，突然门锁响动了一下，秋识暗想应该是室友回来了。他毫无防备地转过身，然后愣在原地，差点把手里的水杯给抛出去。

"孟琛！"秋识惊讶地喊出声。

空气陷入一阵诡异的沉默，门口的人和屋内的人僵硬地四目相对。

今天收拾行李的时候，秋识还在想室友是一个怎样的人，但他做梦也想不到那个人竟然是孟琛。

"嗨。"秋识干巴巴地和孟琛打招呼。

站在门口的孟琛顿了一下，脸上闪过一丝诧异，他眉头微蹙，颇为矜持地看了一眼秋识，然后淡淡地"嗯"了一声。

这就完了？！秋识有些迷茫，那双清澈如水的眼睛就这么直愣愣地盯着孟琛，直白得几乎有些冒犯了。

过了一会儿，孟琛转过头，不咸不淡地瞪了一眼秋识，然后进门换鞋，径直越过秋识，把包放到桌子上，身上又出现了那种拒人于千里之外的冷漠感。

明晃晃的灯光下，秋识的眼底带着笑意，明知故问地朝孟琛说："你刚刚瞪我干吗？"

正在放东西的孟琛动作一顿，侧过脸颇为认真地看着秋识，表情似乎有些懊恼和不解："你……你为什么一直……偷看我？"

说完他又皱起了眉头，显得越发沉郁。

然而秋识却如同雷击一般，不可置信地看着孟琛——这么多年没有见，孟琛竟然结巴了！

他回忆了一下孟琛小时候，好像那时候他的表达也不怎么清楚，说话又慢又奶气，偶尔含糊不清，但他一直以为那是因为小孩子的语音系统还未发育完全。

他做梦也没有想到，气质冷漠疏离的孟琛，居然有语言障碍。

见秋识不说话，孟琛微抿了一下嘴唇，拿出手机开始打字，然后把屏幕朝向他，上面写着几个字："游泳馆和刚才。"

秋识看着皱着眉头、表情冷淡地举着手机的孟琛，突然感到一种莫名的反差，而这种反差居然让秋识觉得有点可爱。

气氛突然变得奇怪，秋识有些不自在，轻声咳嗽了一下说："是我先到的游泳馆，我在观众席放东西呢，你就下水了，然后我就坐在上面看了一会儿。"

孟琛没有说话。

秋识抬头看了一眼孟琛的表情，急忙说："那个，我先去洗澡了。"

说完他就飞快地走进浴室，留下一脸无措的孟琛。

凌晨，万籁俱静。

微弱的月光从窗户照进来，有些失眠的秋识躺在床上，翻了一下身，看向了另一张床上的孟琛。

他好像真的到了省队，实现了小时候对别人随口一说的诺言。

他看着熟睡的孟琛，张口无声地说了两个字："笨蛋。"

4

得知秋识和孟琛在一个宿舍之后，高瑞惊得下巴都合不拢。

用高瑞的话来说，秋识和孟琛是两个极端。

他们一个开朗热情，一个如同制冷机。

高瑞很好奇地问他，他们平时怎么交流。秋识一脸茫然地看着他说："正常交流啊。"

那天集训完，天气极为炎热，柏油路被晒得发软，趴在香樟树下的狗都热得直吐舌头。

高瑞远远地就看见了秋识，连忙招手："你去不去买喝的，太热了。"

秋识说："好啊。"然后他又转头对着拐角的人说："你去吗？"

高瑞有些疑惑，就看见拐角处走出来一个高瘦的身影，他定睛一看，居然是孟琛！

"嗨。"高瑞硬着头皮向孟琛打招呼。其实他有点怵孟琛,原因无他,孟琛气质偏冷,看起来一副天之骄子不下凡尘的模样。

秋识却没有发现高瑞的局促,向高瑞提议道:"他也去,我们走吧。"

一路上几乎都是高瑞和秋识在说话,孟琛则是无言地跟着他们走。

不过高瑞发现,孟琛虽然沉默无言,但一直很认真地听他们在说什么,偶尔会偏头看向秋识,眼睛里透出一丝疑惑。秋识回看他一眼,就能准确无误地理解他想要说的话。

孟琛时不时低头玩手机,高瑞斜了一眼发现,他每次都会在手机上打一串长长的字,然后面无表情地递给秋识看,然后秋识便会会意地点一下头。

高瑞嘴角一抽。

训练中心前面就有一个小卖部,门口摆着两个大冰柜。高瑞打开冰箱拿了一瓶冰镇可乐,秋识也拿出一瓶冰可乐。

老板从屋子走出来,问:"小伙子选好了吗?冰柜门不能开太久,里面的冰棒都要化了。"

秋识和高瑞两个人站在前面挡住了后面的孟琛。闻言,高瑞往旁边挪了一点:"我选完了,孟琛你快拿一个。"

秋识转头看了一眼孟琛,又顺着他的视线看向冰柜。他从冰柜里面拿了根牛奶雪糕,浅笑着朝老板说:"他要这个。"

孟琛一怔。

"你喜欢的口味。"秋识若无其事地把雪糕递给孟琛,他眸子清亮,眼神里带着笑意。

孟琛敛着眉,凸起的喉结滚动了一下,接过了秋识手里的雪糕。

一旁的高瑞注视着他们两个,突然想起上次他问秋识两人怎么交流,秋识颇为不解地说:"正常交流啊。"

他如遭雷击,原来正常交流就是指秋识帮他回答。

付完款,高瑞朝秋识摆了摆手:"传声筒我走了,你们聊。"说完他就溜之大吉了。

传声筒?秋识呆呆地喝了一口可乐,又看了一眼面无表情的孟琛。

秋识带着孟琛走到操场,他在一个水泥高台前自然地坐了下来,朝孟琛招手:"过来一起坐。"

高台离地面有点距离,秋识后仰着双手撑着地,修长的腿悬在空中晃荡着。

孟琛乖乖地坐在了他旁边,神情自若地吃着雪糕。

旁边一棵树的阴影正好遮蔽了阳光,秋识扭头去看孟琛,他穿着一件宽松的黑色短袖,衬得他更加的白皙干净,握着雪糕的手指骨节分明,那张脸清冽俊美,垂着眸吃雪糕的样子却一本正经。

"扑哧"一下,秋识笑出了声。

孟琛迷茫地抬眼看他,乌黑清亮的眸子还带着不解。

"没事,你吃。"秋识觉得孟琛偶尔露出的这种和外表不符的反差点特别可爱。

从远处望过来,只见两个少年并排坐在一起,树荫正好遮蔽着他们,一个笑着说话,一个认真聆听。

5

一个宿舍就意味着两人的很多事情会被自然地捆绑在一起。

比如两人小组集训的时候,教练会不假思索地安排秋识和孟琛一组。

经过一段时间的观察，秋识大概也知道，孟琛这种被冠上了"天才"称呼，又面冷话少、惜字如金的人，平时组队训练的时候是没有人主动往他身边凑的。

一是因为他的实力过于强悍，二是他的话实在是太少，时间短倒还好，时间一长，活像身边有一台制冷机。

离全国选拔赛的时间越来越近，除了教练制定的训练计划外，秋识和孟琛每天晚上也会到游泳馆加训。

从泳池上来之后，秋识搭了一块毛巾在头上。他看了一眼还在水里的孟琛，喊道："孟琛，可以上来做拉伸了。"

闻言，原本正欲游第二圈的孟琛意外地停了下来，乖乖地往岸边游回去。

秋识朝泳池里的孟琛伸出一只手，浅笑着看向他。

孟琛看着那只白皙的手愣了一下，过了一会儿，他把手搭了上去。

秋识把他拉了上来，递了一块毛巾给他："全国赛越来越近了，你说我们两个会被选拔上去吗？"

"会……会的。"孟琛认真地回答道。

"那就说好了，我们两个一起进选拔赛。"秋识用肩膀撞了一下他。

偌大的游泳馆只能听见细微的呼吸声，他们都心照不宣地没有开口说话，两人呆坐在泳池边盯着那片湛蓝的水。

秋识突然顺势躺下，盯着头顶那盏唯一的灯。

孟琛也学他躺在冰凉的地上。

"你知道吗？我每次看到湛蓝的水和漂浮在水面上那几条赛道，我都会觉得很神奇。"秋识轻声说。

"为……为什么，这么说？"孟琛扭头看他。

"因为我来自一个小地方，那里很贫困，大人竭尽全力地谋生，小孩按部就班地长大,大家都过着平凡却充实的日子。突然有一天,我家附近修建了一座游泳训练馆,它就像一个五彩斑斓的泡泡,对于一个从来没有接触过竞技运动的小孩来说,充满了致命的吸引力。"

秋识轻缓地说着他的童年,仿佛很久以前的事情都还历历在目。

"山村小孩这几个字,是不是一听就觉得离游泳竞技很遥远。"秋识突然侧过身面向孟琛躺着。

孟琛轻缓地摇了摇头,他把手枕在脑后,眼睛直视着屋顶,发音奇怪但是很郑重地说:"没,没有。"

"不过啊,我从不在意别人说的距离遥远。"秋识突然兴奋了起来,手臂伸直指着上方,"总有一天,我要站上最高的领奖台,我要让我出生的那个小地方被所有人知道,让我的家人在电视上看到我。"

说完秋识觉得怪不好意思的,小声地说:"是不是有点中二(青少年时期自我意识过剩),你不准笑我。"

孟琛侧过脸盯着他,少年的脸上洋溢着恣意的笑容,直指天空的手臂好似一把利剑,他尚且青涩却有屠龙的决心。每个少年的中二病最后都会以斩下深渊里的巨龙结束,而他是斩下巨龙头颅的战士。

"你,很,勇敢。"孟琛一字一顿地说。

秋识愣了一下,调皮地拍了拍孟琛的肩膀:"哇,谢谢天才的夸奖。"

而孟琛听见他的回答后,垂下眼皮,薄唇抿直,那股淡漠的距离感又重新出现,像是一道天然的屏障。

"怎么了……你不喜欢这个称呼吗?"秋识敏锐地感受到了他的情绪。

而孟琛却罕见地不说话了，并且拒绝回答他的问题，拿出手机开始打字，然后递到秋识面前："不准叫那个称号，不然以后我不理你了。"

秋识马上吓得坐起来，双手合并，讨饶地上下摆手："不要不理我，你大人有大量。"

孟琛"扑哧"一下笑出了声，露出一种"服了你了"的表情。

"呀！不气了。"秋识笑得一脸得意，眼睛弯弯的，如同一只小狐狸。

他伸出一只手摸孟琛的脖子："我听大人说过，说话断断续续、结巴的人，可能是声带没有发育好，后天经过引导练习是可以变好的。"

秋识自然地按压了一下孟琛的声带。

"不过你这样可不行，不爱说话，常常用手机打字给人看，久而久之别人就会觉得你很难接近。"

孟琛眯了眯眼睛，睫毛温顺地垂下，表情漠然的脸都仿佛生动了许多。

"你其实可以学学怎么练习发音或者控制语速，这样会好一点。你可以摸一下我的声带，感受一下发音的节奏。"

没等到孟琛的回答，秋识的视线往上，只见孟琛那瘦削的下颚线紧紧地绷着，漆黑的眼睛凝神注视着他。

孟琛说："没有……用的，练了，也不会有人和我说话的。"

秋识突然敏锐地觉察到一些细节，他急忙说道："怎么会，你这么优秀，是天……"

秋识连忙吞下那个字："是最优秀的运动员。"

孟琛摇了摇头，看着这个和自己并肩坐着的少年，他青涩的脸上露出着急又忙于辩解的神情，好像正全心全意地担心着自己，却又害怕说错话。

他突然想起秋识说，每当他见到泳池和赛道都觉得很不可思议。他说这话的时候带着绝无仅有的赤忱，几乎满到快要溢出来了。

所以他说秋识勇敢。

"我……很害怕别人的失望。"孟琛淡淡地说。

从很小的时候就有人告诉他，他是一个天才，不学专业游泳去参加职业赛就可惜了。父母也坚定不移地认为他是一个天才，把他送去俱乐部训练，然后他进入市队，和一群比自己大很多的运动员一起训练。

那时候他应该是害怕的，但又怕看到父母和教练脸上流露出的失落。

语言系统发育不健全，结巴到不敢和别人交流，他是怎么度过这些时光的呢？

望着那湛蓝的水、笔直的赛道，他日复一日地训练，夜晚都不敢松懈。

当一块又一块的奖牌戴在他的脖子上，台下的掌声越来越响，他望着那些为他骄傲的人，突然感觉有些迷茫。

同队的人见他也总说："孟琛是天才啊，教练说过，没有他赢不了的比赛。"

因为结巴的原因他不怎么开口说话，慢慢地，他发现即使自己不开口说话，好像也没有人在意。

他们好像也没有那么想和自己交流。

他发现自己被架得太高了，天才这两个字就像枷锁一样，把他和其他人隔开。

在这宽阔的游泳馆里，秋识的表情异常严肃，他对孟琛说："可你是人不是神，赛场瞬息万变，人力有穷尽，力所不能及。不要害怕他们的失望，他们左右不了你，你是为自己而游的。"

孟琛愣怔地看着他，几乎所有人都和他说，你不是为自己而游的，你代表了泳队的荣誉，代表了省队的荣誉，今后更是为了国家的荣耀而拼搏。

第一次有人跟他说，你要为自己而游。

秋识小声地说："对不起，我不会安慰人，我只是觉得你很好，很优秀，你比你想象中的更加耀眼。"

孟琛看着他认真地说道："谢谢。"

"不用谢，谢我干什么。"秋识有点不好意思。

两个少年并排躺着，仰望着头顶那盏唯一的灯。

泳池里泛着波光的水，仿佛一条广阔的银河，静谧地流淌在他们脚下。

6

时间如流水，不知不觉夏天就悄然无息地过去了。

对于秋识来说，这几个月是最充实最满足的时光，无论是技巧还是速度，他都得到了质一般的飞跃。

如果说孟琛是天才，那么秋识就是厚积而薄发的实干者，如同雨后春笋一般节节拔高，让人不得不对他刮目相看。

"八人一组，八人一组，其余的人快点热身。"高昂的声音在训练馆响起。

喧闹的人声、尖锐的口哨声，以及入水运动员掀起的哗哗水声，一种紧绷的氛围充斥着这里。

比赛的时间越来越近，压力也随之而来。

所有人都知道"国家队"这三个字意味着什么——进入了国家队，他们就离世界舞台更近一步，会遇见世界各国的顶级运动员，这是所有运动员的梦想。

"你们快看！孟琛在八人组里，他也参加这次的蝶泳模拟赛。"

话音刚落，不少在岸边热身的运动员全部凑过去围观："孟琛旁边的是谁？！牛啊！那可是去年从国家队下来的运动员，他们两个不知道谁更厉害。"

秋识坐在椅子上按摩小腿肌肉，闻言直起身朝前面乌泱泱的人群走去。

旁边的人窃窃私语："孟琛输了也不算太难看吧，国家队退下来的人实力很强悍，还参加过不少国际上大大小小的游泳比赛。"

"谁知道呢？毕竟到了退役年龄了，他的体力和耐力肯定不如巅峰时期，孟琛年纪比他小不少，爆发力肯定强一点，天才嘛，总不能输吧。"

说完，几个人凑在一起笑。

听见别人调侃的取笑，秋识有些愤怒地为孟琛辩解："谁说天才就不能有输赢的，如果输给一个值得尊重的对手，就算是输了也不丢脸，赢了那也是他努力得来的，不是靠'天才'两个字就可以轻飘飘地否定他的努力的。"

"噢，你是他谁啊，这么为他说话。天才又不是我们叫出来的名号，这不是教练经常叫的吗？"那人翻了一下白眼，有些挑衅地说，"万一等下天才输了，你猜他会不会难过？"

"不会。"

那人嗤笑一下："哇，你还知道他不会难过，你会读心术？"

秋识注视着他，嘴角勾起一点嘲讽的弧度，轻声说："我的意思是，他不会输。"

那人露出错愕的神色，脸上泛起明显的怒火，咬牙说："那就让我们拭目以待，看看我们的天才会不会输。"

秋识坚定地说："他会赢。"

所有人都围在岸边看这场比赛,孟琛在四道线,弯下的脊背肌肉线条流畅,仿佛一把蓄势待发的枪。

口哨声响,八名运动员跳入水中。

孟琛的泳姿一向无可挑剔,无论是动作还是速度都是顶级水平。

滑过他的指尖和手臂的水有生命似的,前方仿佛不是赛道,而是一条莹莹发亮的矿脉,他是一个探索者,在秘境里窥见天光,前方的胜利只有他能到达。

这一刻那些质疑声通通消失不见了,或者说,这是一场结局毋庸置疑的比赛,连教练的脸上都浮现出前所未有的紧张与惊喜。

"破纪录了……"不知道是谁说了这么一句话。

"破纪录了!"惊叹的声音从四面八方传来。

"现在多少秒了?"

随着孟琛第一个摸上泳池壁,教练掐断了秒表。

"55.72。"教练兴奋地大喊一声。

这个秒数突破了孟琛以往所有的历史成绩,放在整个亚洲都无疑是顶尖水平。

周遭沸腾的声音像沉入了静谧的池底,秋识的眼中只有那个在水下畅游的人。

他必将成为游泳界那颗璀璨的新星,在不久的全国选拔赛上。

孟琛上岸后教练欣喜若狂,大声地告诉他他突破了历史成绩,这个水平在不久后的全国选拔赛上绝对不成问题。

被艳羡的目光、不绝于耳的夸奖环绕,孟琛俨然成了中心焦点。

刚才和秋识发生口角的几个人也悻悻地站在一旁,看着被众人拥簇在中心一言不发的孟琛,不忿地说:"天才就是天才,什么时候都这样,傲得很。"

秋识盯着孟琛，仿佛透过他那层坚硬的外壳，看见了他内里的孤独和苦闷。

很累吧，秋识这样想到。

他没有像其他人一样上前打扰，而是在外围遥遥地注视着他。

7

正当秋识准备走的时候，却发现站在人群中央的孟琛正一瞬不瞬地看着自己。

"秋识。"孟琛清朗的声音在游泳馆里显得格外清晰。

所有人都朝这边看过来，只见被众星捧月般围住的孟琛朝着秋识走过来。

秋识垂下眼皮小声说："叫我干吗？"

孟琛微弓着腰，低下头轻轻说："我……我去换衣服，你在，在这里等我。"

他因为口吃的原因发音断断续续，但是声音却低哑沉郁，意外的好听。

秋识偏头就能看见孟琛的脸，漆黑湿润的头发被他随意地拢到了脑后，完全露出来的五官显得更加立体，给人极强的视觉冲击。

"哦，好。"秋识呆呆地站在原地等待孟琛，抬眼就能看到前面一堆人的打量。

还不等他细想，就看见穿着黑色连帽卫衣的孟琛走过来，一把拉着他朝外面跑去。

他听见后面一阵惊呼，还有教练错愕地喊着："欻欻，你们两个给我回来，还没有练完……"

然而一切嘈杂的声音随着奔跑都越来越远。秋识在急促慌乱的脚步中，看见孟琛黑色兜帽上那根帽绳随风向后摆动，少年的脸那么鲜活，景物在奔跑中倒退，灼热的呼吸和喘息证明着这是一次肆意妄为的行动。

秋识突然不合时宜地想到，如同彼得·潘飞去永无岛进行一场巨大的冒险，他们该像星际牛仔一样漫游在如水一般的宇宙，游向一条没有边际的河，陨石或者星星就像鱼一般从他们身边穿过。

幼稚的想象，不着边际的梦想，不甘平庸的自己。

他想起多年以前，在泳池边，一个是误闯而来的小孩，一个是在趴在水池边仰头的男孩。

他记得自己慌忙离开时，身后响起哗哗的水声和男孩清亮又结巴的声音："你，你……要不要……陪我游泳。"

回应男孩的是他落荒而逃的脚步声。

当时他的心脏在怦怦跳，无比强烈，如同规律的鼓点。

翻飞的记忆开始回笼，他们停下奔跑。

秋识急促地呼吸着，忍不住弯下了腰。

孟琛脸上泛起了一层奔跑后的薄红，他呼吸有点乱，垂眼看着秋识，神情尤为紧张，抿了抿嘴唇，开始说："我……"

啧，他有些烦躁地别过头，漂亮冷峭的眉眼蹙起。

怎么这么紧张，他有些烦闷地想。

"你想说什么？"秋识也不由得开始紧张，干巴巴地问他。

孟琛从口袋里面拿出了一枚啤酒瓶盖，他修长的手指摩擦着上面的凹凸不平的纹路："这个……给你。"

秋识愣住了。

这个啤酒瓶盖摆在孟琛的玻璃展柜里最显眼的位置，他曾经开玩笑说好看，孟琛告诉他，这是他在摩洛哥旅游的时候收集到的，当时那个酒已经停产很久了，而且这个瓶盖还是当年为数不多的限定款，能找到可谓是十分不易。

他垂下眼眸拿过了那个啤酒瓶盖，小声地问："真的给我了，以后都不会收回去吗？"

"不会。"

他听到了孟琛异常坚定的语气。

刺目的阳光透过树叶的间隙照在他们身上，两人沿着这条樟树道向前，身影在光的映照下被越拉越长。

8

如同每个寻常的夜晚一样，秋识和孟琛在训练馆加练。只是秋识注意到孟琛的精神状态好像不是很好，游了一会儿就开始咳嗽，秋识吓得让他赶紧上岸。

离比赛不到三天，运动员突如其来的生病会搞砸很多事情，带来严重后果。

更何况他是被省队寄予厚望的孟琛。全国选拔赛还未开始，孟琛就已经被大家视为夺冠的大热门，承受着来自多方的关注。

在这个节骨眼上，细微的因素都可能导致这个万人瞩目的押宝选手发挥失利，没有人能承担这个后果。

孟琛更加不可能在这个时刻松懈，即使生病了，也要硬着头皮上。

在寂静的游泳馆里，秋识突然感到一种无力的难过。

看着泛起涟漪的水面，他意识到，当热爱被架到了某种高度，就变得不那么纯粹，它被赋予了更多的东西。

运动是纯粹的，竞技体育是残酷的。

而十年如一日训练的运动员，既要有纯粹的热爱，又要面临竞技体育的残酷。

当秋识正欲劝孟琛回去休息时,一通电话打破了平静。

孟琛看着手机的显示屏迟迟没有动作,等电话挂断,第二通电话不依不饶地打过来时,秋识看见孟琛垂下眼睫,面无表情地接通了电话。

安静空旷的游泳馆让电话里的声音清晰地传来:"小琛,最近训练得怎么样?昨天我打电话给你们教练,他说你上次突破了历史成绩,这么大的消息你怎么不和妈妈说?"

孟琛没有说话,微垂着眼皮静静地听她说,又好像只是单纯在发呆。

"你永远是妈妈心里的第一名,不要让妈妈失望。教练说你还是不怎么喜欢开口说话,这可不行,等到拿奖了总要发表获奖感言的,以往妈妈没有要求过你,但是这次不一样,你以后是要去国家队的……"

电话里温柔的声音停顿了一下,像是有点犹豫,过了一会儿才说:"你的语言障碍越来越严重了,你不能乱服用药物,妈妈给你约了语言矫正训练,那是一个权威的医生,等你比赛结束后妈妈陪你去。"

她打趣道:"我的小冠军总不能一直做一个结巴,漂亮的履历不能让这么一个小污点破坏了。时间不早了,你好好休息,妈妈就不打扰你了,晚安,我的宝贝。"

说完手机里传来忙音,一切归于平静。

而秋识愤怒地想夺过孟琛的手机重新拨回去,对着电话里的人说,结巴不是污点,语言障碍严重可能是因为高压力,孟琛也不是铁人,他不需要绝对的高度,把他架到让众人远离的程度。

秋识脑子里这些愤怒的想法在看到孟琛的神情之后,瞬间如潮水般退去了。

孟琛漆黑的双眼注视着前方,全神贯注地,像是波光粼粼的水面折射下的阴暗面，透着冷肃尖锐。

平静地，无波无澜地，接受着那些带着规训的信息。

孟琛死死盯着眼前的池水，突然希望它沸腾，最好如同火山喷发一般涌起，高涨的水花要多绚烂就有多绚烂，接着吞没一切。

他不必在岸上，沉在水里，如同鱼一般，看那透明的物质勾勒出崭新的世界。

那该是怎么样的盛景。

但他是被困在玻璃缸的鱼。

而他现在只想把玻璃砸碎，从鱼缸里出来。

他出现这种偏执的想法已经不是第一次了。

"你需要一场比赛，一场崭新的比赛。"

秋识的声音在空旷的游泳馆响起，带着前所未有的认真，那双黝黑的眼眸闪烁着执拗的光，如同剔透的玻璃。

孟琛看着他，眼眸里倒映着一个缩小的剪影。

"一场健康的、心无旁骛的比赛。"

秋识盯着孟琛粲然一笑，那个笑容极为明亮，几乎晃眼。

他朝孟琛说："我的意思是把玻璃打破。"

孟琛瞳孔收缩，愣住了。

假设人真的有灵魂的话，那一刻他应该是心神俱荡。

如果秋识没有读心术，那么他们之间应该连接着某种频率，秋识是那只振动翅膀的蝴蝶。

9

比赛开始前的最后一天，在偌大的游泳馆里，所有人穿着统一的红色运动服，胸前的五星徽章在阳光的照耀下熠熠生辉。

众人整齐划一地排列着，浑身锋芒毕露，如同一支战无不胜的舰队。他们直视前方,注视着那个摆放在游泳馆上方的国徽。

他们的神情严肃而庄重,铿锵有力的宣誓响起在游泳馆内——

"我们将严格遵守奥林匹克精神。

"点燃心中的圣火。

"互相理解,友谊长存。

"公平竞争,团结一致。

"不负国家,不负人民!"

随着誓言的宣读,秋识的心脏在快速地跳动,心中仿佛燃起了一团熊熊的火焰。

窗外的风吹进来,轻轻地扫过这群少年,仿佛把心中的火吹得更加旺盛了。

到达全国赛的体育中心后,秋识度过了一个兴奋又难安的夜。

早上看见孟琛那不见好转的苍白脸色,他就有种隐隐的不安感。

在比赛前两天生病,孟琛根本就不能服用任何药物,尿检和血检不通过就不能参加比赛,这种情况他只能硬着头皮上。

在秋识辗转反侧的一夜过后,第一轮的预赛即将开始。

早上教练带领着众人去餐厅吃早饭,秋识问旁边的孟琛:"你好点了吗?"

他盯着孟琛苍白的脸色看,感觉他也有点精神不济。

孟琛摇了摇头示意他不要担心,接着眼皮微垂,掩去了其他神情。

吃完早餐,离第一轮预赛只有两个小时了。

他们站在空旷的前坪,前面就是比赛的体育中心,它高大到令人无法忽视,东边破晓的阳光勾勒出它的轮廓,折射出如同碎金一般的光，仿佛一座承载功勋的殿堂，昭示着有多少体育健将是从这里腾飞的。

"我们会成功的。"秋识笃定地说。

他的眼睛注视着前方，目光掠过形形色色的人、被风吹动的樟树、前方体育中心泛着红光的 LED 显示屏——那上面会显示获奖者的名字。

进入会场，还未开始比赛，孟琛就被拉去做了赛前采访，所有的准备都好似在宣告着一个事实，孟琛是这次比赛的看点，夺冠大热门，媒体也需要有第一手的采访资料。

灯光，裁判，荡着碧波的泳池，比赛的解说员，以及那个站在跳台上万众瞩目的天才选手。

一切准备就绪。

看台上的观众开始屏住呼吸，所有人都知道这场精彩绝伦的比赛即将开始。

长哨声响起，尖锐的声音响彻整个游泳馆。

蓄势待发的游泳运动员跃入水中。

观众看台上突然爆发出窃窃私语，不可置信的，诧异的……秋识的目光追随着孟琛的身影，他紧握住椅子的把手，手指捏得泛白。

恍惚间他好像看见一条长长的河流，望不到尽头，看不到边际，只有一个孤独的潜行者，顶着头上的那一盏明灯。

头上的屏幕刷新着数据，刺目的红光照亮每个人的眼。

榕江省 034 号孟琛的名字罕见地排在了后几位。

上岸后，孟琛久久伫立在原地。

质疑声如潮水一般涌过来，秋识好似听见拔地而起的高楼轰塌的声音。

就像彗星撞地球，一切都在失控。

水是有生命的。

把自己想象成一条鱼，在乱石嶙峋的河流中向前，水流滑过你的躯干，鳞片和腮一同呼吸，血液随着水的流动而变得急促。

唯一的动力便是终点。

那一刻你融于水，与水交融，透明的水仿佛成了燃料。

或许败北，或许得胜。

但是你想追逐的那盏灯永远为你而亮。

"榕江省072号秋识。"

清晰的广播声响彻整个体育中心，炫目的白光从头顶照下，照在一双紧闭的双眼上。

预警口哨声响起，秋识的眼睛陡然睁开，漆黑的眼睛里仿佛燃烧着火炬一般的光。

所有幻想的畅游如同潮水般从他的脑海中退去，他身穿黑色的紧身泳裤，戴着防水帽，站立在跳台上。

秋识的视线朝看台上看过去，他看见了教练，游泳队的伙伴，唯独没有看见孟琛。

他深吸一口气，摒弃掉所有的杂念，眼里只有前方那条笔直的赛道。

当站上跳台时，他才清楚地知道他有多么渴望这个比赛。

观众注视的目光，神情严肃的教练，准备就绪的裁判，前方的LED屏幕……他说过，他要让他的名字出现在屏幕的最前面。

他从脑后把防水镜拉下来，黑色的镜片遮住眼睛，他弓起脊背，小腿绷直，眼睛直视着前方。

来吧！这场比赛他期待很久了。

随着尖锐的口哨声响起，秋识的身影就像一条鱼跃入水中。

水侵入他皮肤的那一刻，他感觉自己融于了水，滑臂，踢腿，一切的一切都是那么游刃有余。

哗哗的水声，水没过鼻腔的窒息感，肌肉展开带来的力量，加速流动的血液，一切都是那么美妙，他仿佛快要燃烧殆尽。

那一刻他感觉水就是他的载体，他是一艘在狂风暴雨里航行的帆船，风鼓动着他的帆，他无惧于水，破风前行。

看台上突然爆发出剧烈的掌声，教练焦急地挥臂，解说员激动的嗓音响彻整个体育中心。

"位于6道来自榕江省的秋识选手在第一个50米已经处于遥遥领先的状态，目前优势非常大。在此之前这位小将从未在其他比赛中崭露过头角，此次预赛他以非常亮眼的表现出现在我们面前，看来今年的奖牌角逐异常精彩。"

解说员的话音刚落，在游第三个50米冲刺最后一个50米时，秋识已经领先对手一个身位，比赛激烈程度不言而喻。

在众人着急的观望下，秋识率先触壁然后利落地蹬墙转身。

"漂亮！"解说员的夸赞声从听筒传至整个体育中心。

"秋识！秋识！"这个以前从未出现过的全新面孔，如同一道耀眼的流星，以绚烂的方式划过所有人的眼前，让人们为之呐喊。

一个新的面孔，还有那无与伦比的冲刺力，他无疑成了今天的焦点。

原本以为这场比赛没有悬念的驻场媒体一时间纷纷看向那个在泳池中竞赛的选手，准备等他上岸便上去采访。

这个意外之喜简直让他们始料未及。

今年的赛场简直瞬息万变，没有人预料到作为夺冠大热门的孟琛会发挥失利，也没有人预料到这个原本籍籍无名的选手会一举成为今年的黑马。

随着秋识第一个到达终点，众人爆发出雷鸣一般的掌声。

解说员激动地夸赞着他的表现，屏幕上刷新着比赛成绩，榕江省秋识的名字出现在最前方，宣告着他是此次 200 米自由泳预赛的第一名。

场下的媒体正准备上前采访他此次比赛的心情时，秋识却从比赛台上下来，急匆匆地向观众席走去。

所有人都以为他要把这个成绩分享给教练以及自己的队员，却没想到他站在下面一排排地望过去，像是在寻找什么人。

"秋识。"一道清晰的声音从身后传过来。

秋识陡然回头，发现孟琛站在观众席最下方的一个角落，正含笑看着他。

原来他没有走吗？他一直都在观看自己的比赛。

他快步走向孟琛，欣喜地想和他分享成绩，又想到他发挥失利，一时间不知道说什么。

然而孟琛却凑过来，用只有他们两个能听见的声音说："恭……恭喜你，第一名。"

秋识笑了笑，正欲说什么，就被赶过来的媒体团团围住。

"秋识，对于这次预赛的出色表现，你现在的心情怎么样，能跟我们分享一下吗？"

"孟琛这次发挥失利，而你成为热门夺冠选手，你有什么想和昔日队友说的？"

喧杂的声音，难以回答的问题，把秋识围在中心的媒体记者，这一切都让秋识束手无策。

而那个曾经无论什么时候都是中心焦点的孟琛却被挤到外围，失去了光鲜的掌声和让众人追随的资格。

刚刚诞生的新鲜血液和发挥失利的夺冠热门，仿佛是两个天然的对立面。

被一群人围住的秋识难以脱身,他扭过头看向孟琛。

孟琛注视着他,笑了笑,然后悄然无声地走了。

欢呼,闪光灯,沉甸甸的奖牌,把曾经的天之骄子踩在脚底下。

秋识看着白茫茫的灯光,突然感受到了前所未有的压力。

11

吃完饭,应付完道贺的人,秋识打了个电话向家里报喜,然后决定去找孟琛。

他最清楚此时孟琛会在哪里。

晚上的体育中心陷入一片沉寂,但是游泳训练馆却传来了哗哗的水声。

秋识悄悄地走进训练馆,注视着水中的孟琛,窗外洁白的月光照进泳池里,波光粼粼的水面下,少年修长的身体在水中如鱼一般快速地游动。

等待孟琛游完一圈,秋识才开口:"你不打算上来吗?"

孟琛转身朝秋识游去,他双臂搭在池壁上,仰头看着秋识,朝他露出一个浅淡的笑。

秋识却突然觉得不是滋味,孟琛本就应该闪闪发光,不应该落寞地待在泳池里独自一人游完一圈又一圈。

他应该被众人拥簇,做回那个曾经的天之骄子,骄傲得仿佛不把所有人放在眼里。

"孟琛。"秋识叫着他的名字,有些沮丧地蹲了下来。

"嗯?"孟琛有些不解地看着他。

"你不开心,我看得出来。"秋识小声地说。

孟琛的双臂搭在岸边,漆黑的碎发下,那张脸透着病态的苍白,连嘴唇都是没有血色的,流露出一丝罕见的脆弱。

秋识蹲着又朝前移了一小步,安静地看着他,孟琛却突然握住了他的脚踝把他拽下了水。

秋识毫无准备地跌进泳池,扑腾了好几下,呛了几口水。

孟琛迅速游开了,迷蒙的光线下,他偏头看着秋识,像是在笑。秋识游过去追他。

皎洁的月光如水一般泄进来,两人在偌大的泳池里玩闹,把今天发生的一切抛至脑后。

两人游得筋疲力尽,并排躺在冰凉的瓷砖上。

秋识把双手枕在脑后,盯着一扇透光的窗户,注视着窗外的月亮,对孟琛说:"我和你说过我来自一个小地方,那里很贫穷,你知道我为什么会毅然决然地选择游泳吗?"

"为,为什么?"孟琛问道。

秋识像是想到了什么,"扑哧"笑了一声,轻飘飘地说:"因为一个不记得我的笨蛋。"

孟琛扭头看他,少年的脸上带着惬意的笑,像是想起了什么美好的回忆。

"滨启市是一个很小的地级市,我家在滨启市的一个小县城里,那里民风朴素,很多大人都外出打工了,把小孩留给老人们带。我们没有什么玩乐的地方,夏天就去河里摸鱼,去山上摘桃,冬天就出去烤红薯……"

孟琛静静地听着秋识说他童年的趣事,轻声地说:"你……的童年真快乐。"

秋识笑了笑,接着说:"突然有一天,市里决定在我们县城修建一个游泳训练基地,因为这里足够偏僻和安静,很适合用于集训,所以那座游泳训练基地就建在了我们县城。"

"有一天我偷跑出去玩,误闯了进去,那是我第一次见到那么庞大的建筑,见到那么大的泳池。而且那天隔壁市游泳队恰好过来交流学习,我就是在那里遇见了一个小男孩。"

一种灵光乍现的感觉从孟琛心里涌出,他像是意识到了一些记忆里被忽视的东西。

"不知道为什么,那天的游泳训练馆里只有他一个人,可能是两市游泳队交流的时候,所有人都去市里了,只把他忘记了。不过多亏只有他一个人,不然我就该被发现了。

"那个小男孩一个人在游泳,游得非常快,用着我从来都没有见过的泳姿。我盯着他完全入了迷,想着自己要是能像他一样游泳就好了。

"后来他上岸了,叫我一起陪他游泳,但是我被吓到了,所以落荒而逃。第二天我故意去得很晚,训练馆的人都走了,那个小男孩还在里面没有走。

"他和我一起聊天,教我怎么游泳,我们无话不说,那是我第一次知道什么叫做竞技运动。

"但是一个月的交流期结束后他就走了,我连他的最后一面都没有见到,还是门卫大叔告诉我隔壁市队的那群小娃娃走了。"

孟琛流露出惊讶的神情。

记忆开始回溯,尘封多年的童年像是重启一样,慢慢变得清晰——

那是一个燥热的夏天。

无趣的交流学习之月,因为结巴他在陌生的市里不愿意开口说话,没有熟悉的伙伴,每天都独自游泳,直到一个小男孩的出现。

那是一个每天偷溜过来的小男孩,他会过来陪自己游泳,给他带他从来没有吃过的毛桃,从河里抓来的小鱼,以及路边采的小黄花。

他们一起度过了一个美好的夏天,他教会他游泳,还说以后一定会再见面的。

训练结束后上大巴车之前,他眼巴巴地在门口等了好久,直到教练催促才依依不舍地上了车,随着大巴慢慢驶离那里,那个燥热的夏季终于结束了。

他想过回去找那个小男孩,但是随着妈妈把他送进俱乐部,带他参加各种比赛,他的世界里面好像只有不停地游泳,任何无关比赛的事情都从他的世界里抽离了,他只能机械化地遵守着他们给的要求。

渐渐地,那个夏天和男孩尘封在他的回忆里,那是他童年里最后一个美好的夏季。

直到一枚枚奖牌戴在脖子上,他不再参加少儿组的比赛,开始转战少年组,奖牌挂满屋子,他的个子也已经很高,他才恍然发现,原来他的童年早就结束了。

直到再相遇,记忆里的那个男孩也长大了,他依旧那么乐观恣意,常常幻想着自己拿着宝剑去深渊里屠龙,亦或是变成星际牛仔穿梭在银河系,中二又可爱。

而自己看似风光,却又不那么尽如人意。

孟琛笑了笑对秋识小声说:"原来是你。"

"你想起来了啊,我以为某个笨蛋永远都不记得了。"秋识感叹了一声,"所以,你要和我一起站上领奖台吗?小时候的诺言,你还记得吗?"

"当然。"孟琛笃定地说。

听到这个肯定的回答,秋识激动地坐了起来,空旷的游泳馆里,他注视着孟琛大声地说:"天才这两个字不是你的枷锁,有梦想就去实现,你要让这个称号实至名归,你要站上最高的领奖台,告诉大家你的心声。"

孟琛对上秋识那闪烁的双眼,他直起身子,思考了良久了,语速异常缓慢,一字一顿地让句子变得连贯:"今天预赛发挥失利,但是我没有很伤心,你说得对,我需要一场健康的、崭新的比赛。就像你说的,人力有穷尽,力所不能及。需要坦然地面对每一次失败,我才能更好地成功。"

他朝秋识笑了笑:"我的意思是把玻璃打破。"

"那就打破。"秋识笃定地回答他。

"现在还只是预赛,不到决赛谁又能知道谁是真正的冠军?我们一起忘掉压力,不为他们,只为了自己,站上领奖台。"

"好。"孟琛坚定地回答。

12

在孟琛预赛失利之后,唱衰的人数不胜数。一些流言更是越传越离谱,什么天才运动员的陨落……

而选拔赛上出现的新面孔反而引起了各方的关注,有人力押秋识能在选拔赛上一举夺冠,进入国家队备战奥运,也有人揣测他和同队的孟琛的关系好坏,毕竟昔日队友是他如今强力的竞争对手。

随着半决赛开始,被众人唱衰的孟琛反而一路高歌猛进,以强劲的实力告诉众人,失利只是一次小的失误。

总决赛的前一夜,秋识躺在床上问对床的孟琛:"你说,明天我们谁会是第一呢?"

这个问题抛出来不到一秒,两人又异口同声地回答道:"你。"

两个"你"字同时从对方的嘴里说出来,两人都感到有些好笑。

秋识打了一个哈欠,毫不谦虚地说:"管他呢,只要不是别人就行。"

总决赛当天。

"榕江省 072 号秋识。"

"榕江省 034 号孟琛。"

两人的名字先后出现在广播里,站在跳台上的两人相视一笑。

随着哨声响起,少年如同鲸鱼一样跃进水面。

扬起的水花,仿佛在奏响一曲青春的赞歌。

仿佛那个燥热的夏日即将重启。

完

Whales Chasing the Waves

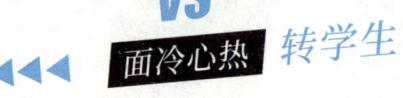

张扬不羁 班长 ▶▶▶
VS
◀◀◀ 面冷心热 转学生

青春校园 / 反差萌感

草莓夹心

文 ▶ 季信来

陆新雨好像并不是一个冷酷的人。他比他想象中要更不善言辞，又更可爱一些。

草莓夹心

■ 文/季信来

偶尔码字的小透明文手。

　　西南地区的秋天，气温降得很快。

　　天气冷加上昨晚熬夜做了些题，代来秋醒来的时候有点头晕，动作稍微慢了点，便没赶上平时那班公交。

　　他好不容易挤上那辆十五分钟后姗姗来迟的公交，又一直倒霉地被堵在路上。

　　他着急，公交车司机倒是不急，终于赶到学校门口，代来秋离迟到只差三分钟。

　　代来秋看了一眼表，上高中以来他就没有这么晚进过校门。他皱了皱眉，拔腿以百米冲刺的速度往教学楼冲去，但到教室门口时还是迟了。

　　班主任已经站在讲台上，旁边还站着一个背着书包的男生。那男生的背影代来秋看着眼生，因为班里从来没有哪个人会有这么高挑挺拔的背影。他侧身站着，逆光下代来秋看不清他的脸。

到达教室门口的时候代来秋还在跑，他一时间控制不住速度，"嘭"的一声把手撑在门板上，引得全班人侧目。

这一下倒是让代来秋成功地看清了男生的脸。

他转过来时面无表情，甚至算得上脸臭。即使穿着八中的校服也掩不住他满身的锐意。

那男生面容清俊，瞳仁的颜色在阳光的照耀下显得很浅，目光中有种不动声色的疏离。他的眉峰、鼻梁无一处不锋利，就连薄唇也冷淡地紧紧抿成一条线。

只有阳光从背后照过来为他镀上的一层金边，才使他略显一丝柔和。

代来秋心想：这谁？好酷。

班主任责怪的眼神在扫过来人的脸时瞬间变得温柔，她吞下喉头的责备，只是问道："来秋，怎么迟到了？快进来！"

代来秋站在门口向她抱歉地欠身："对不起老师，没赶上平时那趟公交又加上堵车，所以来迟了。"

班主任哪里好再批评诚恳道歉的好学生，轻轻点头："下不为例啊，回座位上吧。"

代来秋从善如流地又向老师微微鞠了一躬，才走回自己的座位上坐下。

他的位置在窗边，窗外不远处是层层叠叠的高楼。窗没关严实，冷冽的秋风从缝隙里灌进来，伴随着呼呼的声音，掀起一角窗帘。

代来秋在风声中隐隐约约听见前排两个女生在讲悄悄话。

"新来的转学生好帅啊！"

"对啊对啊，不过他看起来很酷，一副不近人情的样子。"

见代来秋坐下，班主任在讲台上清了清嗓子，笑着说："刚刚的介绍都让来秋那一撞给打断了,同学们,咱们言归正传啊。"

"这是陆新雨,刚刚从别的省转来我们这儿的啊,他很厉害的,在之前的学校总是考第一,是当之无愧的学霸!"

讲台上站着的臭脸男生随着班主任的话点了点头,算是向大家问好。

班主任介绍完后停顿了一下,似乎在等陆新雨开口做自我介绍。等了一会儿却发现他还是直直地站着,嘴唇紧抿着,像是没有开口说话的意思。班主任只好尴尬地笑了笑,却也不再为难他,只拍了拍男生的背叫他坐在代来秋的旁边。

"新雨,你初来乍到怕是有些不适应,就坐在来秋的身边吧,他是咱们班成绩最好的学生,又是班长,你要是有什么不懂的地方,只管问他就可以。"

2

陆新雨从讲台上走下来的那几步,酷得让代来秋以为他在走什么电影节红毯。

他所到之处都传来窃窃私语声。他只当听不到,仍木着张脸,只是坐到代来秋身边的时候朝他轻轻点头示意了一下,连一句话都不想说。

代来秋便也学他木着脸,要笑不笑地扯出一个表情作为回礼。但陆新雨显然并不在意代来秋的态度,他坐下后放好书包,从兜里掏出一副蓝牙耳机戴上了。

哼,装什么酷。代来秋心想。

陆新雨几乎一整天都戴着耳机。除了理科课上他会把耳机拿下来听一下题,绝大多数的时候他都戴着耳机。

代来秋搞不懂他的播放器里到底存了多少好听的音乐,才让他爱成这样,堪称"耳不离机"。

最后一节课的时候,前排的女孩子们笑嘻嘻地转过来同代来秋说话,她们问:"班长,今天是你的生日哦,打算怎么过?"

"想不想去吃烧烤?"代来秋问。

"班长邀请的话那我们肯定去呀!"两个女生对视一眼,笑嘻嘻地答道。

代来秋虽然是个好学生,却不是那种循规蹈矩的好学生。

他会按时做作业交作业,却也会和普通同学一起偷偷在背后说老师的坏话;他会空出时间专门学习,却也会抽空和班里人一起出去通宵疯玩儿。

代来秋看起来酷,实际上对同学朋友十分体贴,没什么学霸架子,作为班长尽职尽责,做事情周到而不失风度。因此他在班里人缘很好,大伙都愿意和他亲近。

代来秋今晚没什么事,和同学们出去玩一下倒也没什么。

他低头迟疑了片刻,眼角的余光瞄到陆新雨。他还是戴着那副蓝牙耳机,以一副冷漠又高傲的姿态在草稿纸上写着什么,好像与世隔离。

代来秋忽然觉得陆新雨就像一朵雨做的云,等八中放学的铃声一响,就会戴着耳机背着书包顺风飘走,那么轻快,却又显得有点孤独。

鬼使神差地,代来秋很想逗逗他。他想看看这个新来的转学生会对这个新加入的班级的领头羊持一种怎样的态度。

于是代来秋张口问了一句:"喂,新来的,你要不要去?"

陆新雨显然没料到他初来乍到就会被邀请到这种大型的班级聚会中去。他有一瞬间的愣怔,冷漠的面具有了一丝不易察觉的裂痕。

代来秋问出口后的第一秒就后悔了。他的脚尖踌躇地在地上旋转，心里懊悔地咆哮着想要撤回刚才脱口而出的那句话。

人家今天一句话都没跟你说呢，你又嘴欠了！仗着自己人缘好欺负一个新来的！

代来秋在心里骂自己。

陆新雨很快反应过来，他转过身，眼神可以算得上真诚，那双浅色的眸子里此刻静静地倒映着代来秋的影子。

他看了代来秋一会儿，像是透过这层皮囊看见了他惊慌失措的内里。

他缓缓对着代来秋露出了今天第一个真心实意的微笑，然后礼貌又疏离地说："不去了，我有事，不好意思。"

代来秋顿时忘了刚刚是怎么自我反省的，他脑子里只闪过一个念头：好家伙，他怎么敢这样拒绝我。

下课铃一响，陆新雨果然像朵云似的踩着乐声飘走了。

3

坐在路边的大排档里，代来秋再次将一罐啤酒一饮而尽，赢来一片叫好声。

"你小子可以啊！"

大排档的老板是代来秋的熟人，之前好几次班级组织聚餐都在这家店，一来二去便和老板混熟了。

他大笑着拍了拍代来秋的肩膀，长臂一挥又叫服务员上了半打啤酒："之前还真不知道你这么能喝！"

"小代生日快乐啊，今晚尽兴，这些算我请的！"

代来秋笑笑没说话，对老板点了点头，开了一罐新的，轻轻和坐在旁边的同学撞了一下杯，又沉默着自己一个人灌了几口酒。

只有他自己才知道，他在为什么而心烦意乱着。

下午他向陆新雨发出邀请却被拒绝的场景还历历在目。

代来秋骨子里是个挺骄傲的人，虽说平时不显露出来，但因着他那张俊秀的脸和校内数一数二的好成绩，一般的同学都对他略有耳闻，也都愿意卖给他三分薄面。从小到大，只要是他代来秋的邀请，几乎就没有听到过被邀者拒绝的声音。

如今突然被陆新雨毫不留情地拒绝一次，代来秋倒有些不适应起来，心里像堵着块石头一样憋闷。

他憋闷的同时，又不由自主地对陆新雨感到好奇。

陆新雨。

代来秋在心中默念他的名字，脑海中闪过这人坐在身边时的画面。除了放学前他们俩对话那会儿，他几乎没有直视过陆新雨。

也许是少年心气作祟，他觉得明目张胆的观察太过丢脸，只肯别扭地用余光偷偷看身边那个挺拔的轮廓。

陆新雨，陆新雨。

这个人就和他的名字一般，在这个刚刚进入秋季的西南小城，在代来秋的心里下了一场新雨，让他像被水泡了似的酸胀难忍。

有心事的时候喝酒，就容易不小心喝多。

生日饭局结束的时候，代来秋的意识已经有些模糊。

他慢吞吞地从街边烧烤摊矮小的塑料板凳上站起来，酒精的作用下他忘了装酷，毫无防备地露出柔软的内里。

他冲班里的那几个女孩子笑了笑，不太明显的虎牙抵住唇，惹得对面几个女生顿时叽叽喳喳笑闹成一片："代来秋！突然放电做什么呀？"

他一本正经地回道："我哪有放电？"

便又惹来女孩子带着害羞的调侃。

代来秋只当那些笑声是耳旁风，染着醉意像个老妈子一样絮絮叨叨起来："你们几个女孩子早点回家，都快十一点了，再晚一点走就很危险了。"

"体委，你是不是和她们都顺路？那你等会儿顺便把她们送到楼下吧？"

体委刚送完一批同学坐上的士，转头回来就听见代来秋的吩咐。他看着晕乎乎还在操心这操心那的代来秋，忍不住轻轻挥起一拳往代来秋的肩膀上砸，被代来秋熟练地用掌心接住。

代来秋接着道："雨婷和小夏，你俩和我顺路，等会儿我跟你们一路回去。"

吩咐完，代来秋满意地点了点头，像是刚刚巡视完工作的领导，又像是今夜这幕电影的总导演。

临上公交车前，他豪情万丈地搂着体委的肩膀喊道："收工！"

代来秋脑中最后一丝清明终于在把两位女生送到家楼下后彻底消失殆尽。

他脑子里一团糨糊，几乎是凭着本能找到了自己家的楼，然后在不知道几楼的楼梯间彻底被瞌睡虫战胜，坐在地板上倚着墙睡着了。

这是代来秋对那个周五夜晚最后的记忆。

4

宿醉的后果是头疼得厉害。

代来秋醒来的时候，感觉太阳穴像被无数根小针扎过。他闭着眼睛缓了一阵子，才勉强从床上爬起来。

这一醒，就发现了不对劲。

这不是他的房间，床也不是他的床。代来秋低头一看身上的衣服——好家伙，小熊睡衣，这也完全不可能是他的衣物。

手机在床头柜上静静地躺着，甚至还被好心地充上了电。窗户没锁，开了一条小缝，外面是熟悉的小区景色，只是比在自己家能看见的位置更低一点。

一轮观察下来，代来秋有了个初步的判断，他不是被绑架了，应该是昨晚太困了被哪个相熟的邻居捡回去收留了一晚。他正打算翻身下床出去看看，一直虚掩着的房门被推开了。

来人是陆新雨。

他穿着白色小熊印花的家居服，手里端着个杯子，看见床上坐起来的代来秋，眼里明显地闪过一丝慌乱。

他强作镇定地把杯子放在床头柜上，又退后几步与代来秋保持距离，绷得紧紧的下巴朝床头方向点了点示意："蜂蜜水，解酒的。"

代来秋坐在床上，有些不知所措。

原本以为只是相熟的邻居把他扶到家中，没想到这邻居竟然不算相熟，还好巧不巧就是他刚刚认识没多久的转学生。

他和陆新雨尴尬地对视了起码十几秒，都没敢轻易开口说话。最后还是代来秋率先开口打破沉默，他蜷了蜷藏在被子下的脚趾头，硬着头皮问："呃……那我先刷个牙？"

陆新雨点了点头说好，又恢复了淡淡的模样。他转身去洗手间，打开洗手台下的储物柜，给代来秋拿了个新的牙刷和一次性漱口杯。

等代来秋顺着水响走到洗手间的时候，陆新雨甚至准备帮代来秋把牙膏挤好。代来秋一看这阵仗吓得连声说自己来，把洗漱用品从陆新雨手中接过，几乎是粗暴地随便一挤牙膏，便把牙刷塞进嘴里刷了起来。

陆新雨盯着镜子里假装专心刷牙的代来秋，看了一会儿，没说什么，转身往厨房的方向去了。

　　见他走了，代来秋终于松了一口气，把嘴里含着的一大团泡沫吐出来，对着镜子消磨时间似的刷了好久。

　　打算漱口时他才突然发觉嘴里的牙膏带着甜味，把牙膏拿起来翻到正面一看——草莓味。

　　他看着镜子里穿着小熊套头睡衣、用着草莓味牙膏的自己，又听见从厨房传来的"乒乒乓乓"的响声，突然觉得有些想笑。

　　陆新雨，好像并不是一个冷酷的人。

　　他比他想象中要更不善言辞，又更可爱一些。

　　代来秋是被香气召唤到餐桌前的。

　　陆新雨看着脸臭脾气差，厨艺却出乎意料的不错。桌上的牛肉芝士饼散发着诱人的香气，让代来秋本就因为喝酒而空荡荡的肚子不受控制地叫起来。

　　听见肚子里传来的咕咕叫声的那一瞬间，代来秋怀疑自己在陆新雨抬起来的眼眸中看见了一丝笑意。

　　丢脸丢大了。代来秋在心里抓狂。

　　一顿早饭过后，餐桌上是一阵漫长而尴尬的沉默。

　　代来秋坐在桌前，盯着面前的空盘子，舌尖纠结地在口腔里滑来滑去。

　　对面的陆新雨就这样坐着，和转来的那天一样臭着张脸，也盯着自己面前的空盘发呆，丝毫没有作为主人的自觉，一点儿也不遵守待客之道。

　　代来秋纠结来纠结去，终于准备做主动打破尴尬的人。他清了清嗓子，刚站起来想收盘子，就见陆新雨突然回魂似的跟着他站了起来。代来秋顺着他的动作抬起头来，刹那间他俩目光相接。

　　"呃，我为什么会……出现在你家？"代来秋迟疑了一会儿，问道。

原来那双眸子的颜色不在阳光下也那么浅。代来秋正这样想着，就听见陆新雨低沉的声音："你昨晚喝晕了，睡在我家的楼梯口。"

"我出门倒垃圾，没想到捡回来一个新同学。

"下次一个人出去不要喝那么多，也不要一声不吭就睡在楼梯口，很危险的。"

代来秋看着那道穿着小熊印花睡衣的身影在说完话后利索地端着碟子走进厨房，一时之间不知道该说什么。

他已然看不透这新来的转学生了！

5

自从那次被陆新雨收留，代来秋知道他在家穿小熊睡衣用草莓牙膏后，陆新雨在代来秋的眼里就完全变成了另一种颠覆性的风格。

这具体体现在，代来秋在上学下楼遇到背着书包同乘一辆公交车的臭脸陆新雨时，也能瞬间脑补出他早上穿着小熊睡衣从床上爬起来，再乖乖地站在镜子前用草莓味儿的牙膏刷牙的模样，然后对着那张冷酷的脸不由自主地笑出声来。

他在代来秋的眼里好像自带了一层有些滑稽的粉红色草莓滤镜，完全酷不起来。

在之后的几个星期，代来秋对陆新雨又开过几次玩笑，在发现对方并没有生气后，便在他面前渐渐放肆起来。

陆新雨在他看来就像慢慢收回满身尖刺的刺猬，露出柔软的粉红色肚皮。

陆新雨是真的不爱说话。

这是代来秋经过一个月的观察后发现的。

陆新雨在说话方面几乎可以说是"非必要，不开口"。除了老师上课的提问不得不答外，大多数时候他会用点头、摇头或者抿嘴等动作来表明他的意思。

可能是性格使然，他不爱说话，再加上天生臭脸，一个月下来，除了对居家版陆新雨略有了解的代来秋，班里竟没有几个同学同他说过话，更不要提熟络起来。

他总是独来独往的，戴着那对好像永远不会摘下的蓝牙耳机，像一朵飘在天边缀着雨的云。

气温渐渐降了。

月考结束的那个周五，班里又组织了一场班级聚会。

这一次，代来秋倒是光明正大地转向陆新雨，用胳膊肘碰了碰他，问道："陆新雨，你去吗？"

陆新雨看着代来秋张了张口，最终还是没说话，摇了摇头。

前排转过来的两个女生好像对他的反应已经习以为常，只偏头看向代来秋。没想到代来秋也跟着摇摇头，说道："那我今天也不去了。"

陆新雨在校门口的公交站被代来秋截住。来人笑意盈盈地背着书包站在他面前，全然不似初见时那般戒备疏离的模样。

代来秋笑眯眯地问道："陆新雨，你真的没空吗？"

陆新雨沉默了，沉默到公交车在车站前停了又走，过了一班又一班，他才深吸一口气抬起头，小声地承认："有空。"

"那为什么不和大家去玩儿？"代来秋刨根问底。

沉默是陆新雨唯一能给他的回答。

代来秋也不恼，粉色草莓滤镜下的陆新雨此刻就像一只垂头丧气的大狗狗，正低着头不知所措。

他突然兴起似的，拉住了陆新雨的手腕："走，哥带你去玩儿。"

他用开玩笑的口吻说话，却利落地拉着陆新雨转身上了一辆刚刚停下的公交车。

谁也不知道这趟突如其来的旅程的目的地在哪里。

只是恰好这一刻，他们想去玩儿玩儿，刚好便去了。

6

城市的傍晚被橘黄色的夕阳渲染得十分浪漫。

公交车驶过架在江面上的吊桥，车窗外是被余晖照得波光粼粼的江水。

代来秋和陆新雨并排坐着，并不说话。风从车窗打开的缝隙中溜进来，有点冷，算不上惬意，却莫名有种释放的快感。

不知过了多久，代来秋轻轻地开口："陆新雨，你饿吗？"

"你吃过江湖菜没有？在街边吃过烧烤没有？喝过啤酒没有？"

不等陆新雨开口，代来秋一股脑儿地将问题抛出，又自顾自地回答："你外省来的，肯定没干过这事儿。"

"来吧陆新雨，今天哥带你好好见见世面。"

陆新雨也不知道代来秋带他在哪一站下了车。

从公交车站附近的小巷子走进去，拐了几个弯又走了一段路，便突然踏进了一个喧闹的烟火世界。

百来米长的街道上灯火通明，开满了各式各样的餐饮店。餐馆的廉价塑料桌椅摆在街道上，不少客人落座其间。

人们满耳都是食物在油锅里翻炒或是架在火上烤时发出的滋

滋响声，香味好像能随着这声音一起从食物中窜出来，惹得人食指大动。

代来秋轻车熟路地拽着陆新雨穿越吵闹的人潮，来到一家烧烤店门口坐下，朝着店里的方向大声吆喝："老板！点单！"

老板拿着点菜的小板子过来后，代来秋点单的速度快得像是在报菜名，一连串混杂着方言的菜名从他嘴里飘出来，陆新雨听得一知半解。

不过这家店出菜速度很快，他还没来得及在脑中细细琢磨那些个菜名究竟是哪个字，怎么读怎么写，一把热气腾腾的裹着红油的烤串就已经被端上桌了。

这是陆新雨第一次在路边吃烧烤。

自从搬来这边，他好像就再也没有享受过这样纵情的时刻。

牙齿咬住被烤得火候正好的肉块往下撕扯的过程，似乎也成了一种发泄的途径。

肥瘦相间的羊肉、富有嚼劲的牛百叶，食物被送进唇舌之间，多巴胺也随之分泌。

他好像有点懂得为什么有些女生生气的时候喜欢大吃特吃了，原来咀嚼真的会给人带来一种别样的幸福感。

他们两个人分别占据桌子的一角，只顾忙着低头吃饭。双方都默契地沉默着，无声的氛围也不显得尴尬，倒有一种相识多年的岁月静好。

"怎么样，还不错吧？"代来秋从一堆吃剩的签子中探出头来，得意地问，"哥选餐馆的品位不错吧？"

陆新雨嘴巴里刚塞进一口肉，正鼓着腮帮子咀嚼，褪去了平时那层冷硬的外壳，染上烟火气后的陆新雨，脸看起来也没有那么冷淡了。

"好吃。"他咽下去后，看着代来秋的眼睛，极为认真地说。

为着这句好吃，代来秋头脑一热，让服务员上了半打啤酒。

啤酒是这座西南小城特产的啤酒。

说是特产，其实无非是在啤酒前面加上了小城的名字，至于到底有什么不同，代来秋也说不上来，因为他只喝过这一种啤酒。

至于陆新雨那就更不要提，他压根没沾过酒。拉开易拉罐灌下去的第一口，麦芽的苦涩就让他皱起了眉头。

代来秋看着他缩成一团的脸哈哈大笑，又攀比似的举起啤酒往嘴里送了一口，带笑的眼神在陆新雨脸上灵动地逡巡，鲜活又灿烂。

陆新雨也盯着代来秋看，他没笑，但神色早已变得柔和，那张古井无波的脸上罕见地显出一丝薄红。

"喂，陆新雨，有没有人说过你看起来很凶？"代来秋开口。

他本来想说陆新雨脸臭，但看着他明显舒缓起来的神色，最终又默默地换了一个委婉的词汇。

陆新雨点了点头。

"那就对了，"代来秋跟着点头。

"我第一次见你的时候是我有生以来第一次迟到，当时我撞到门上气喘吁吁，你顶着一张臭脸转过来的时候，我心里不爽极了。

"我当时心想，这人谁啊，竟敢板着个脸站在讲台上看哥的笑话。"

陆新雨无辜地眨眨眼，从喉咙里蹦出两个字："不敢。"

代来秋喝了酒后变得愈发放肆，他掰着指头一条条数落起来："怎么不敢？我看你从讲台上走下来的那几步，相当六亲不认。"

"教室的瓷砖地板，硬生生给你走成了红毯。

"天天戴着个耳机，和谁都不说话，木着张脸，大家都以为谁惹你了。"

代来秋看着陆新雨越来越无奈的表情,一个不留神把真心话也吐露出来:"你这样下去,怎么可能适应新学校,交到新朋友啊?"

陆新雨明显愣了一下,他张了张口,欲言又止。

"那……那什么,我发酒疯随便乱说的,你别当真。"代来秋小声说。

"没事。"陆新雨扯了扯嘴角,露出一个不太自然却称得上温柔的笑。

他解释:"我从小脸就臭,天生的,没办法。"

"我转来那天,没想着要臭脸,可能有点紧张,就又不由自主绷紧了。"

陆新雨说起话来很柔和,和他的长相有明显的反差。

"再说,你怎么知道我没适应新环境,没交到新朋友?"

在路灯昏黄的灯光下,陆新雨的眼眸显得格外温柔,闪着细碎的光。

代来秋怔怔地盯着他的眼睛。

他听见陆新雨说:"新朋友,难道你不是吗?"

7

都不知道是谁付的饭钱,等代来秋回过神,他和陆新雨已经坐上了回程的公交车。

公交车在一处临近公园的车站停下来。几位老人牵着一群显然还没有玩够的孩子上了车,孩童的笑闹声在略显幽闭的车厢中格外明显。代来秋和陆新雨下了车。

公园里还有尚未散去的游人,他们走在公园栽满桂花树的小道上。

这园里的桂花开了近一个月，花期将尽，空气中弥漫着一股浓郁到近乎糜烂的香气。小道的尽头有卖糖的小贩，夜色渐沉，那小贩正准备收摊。

"吃不吃搅搅糖？"代来秋突然问。

还没等陆新雨问搅搅糖是什么，那人已经往卖糖的小贩处冲去。陆新雨无奈，只得加快脚步跟过去。

走到摊位前，代来秋已经买好了。

他捧着一碗琥珀色的半凝固糖浆，用两根棍子搅拌，将半凝固的糖浆在棍子上缠绕成一个椭圆形，用力一扯，将其中一根递给陆新雨。

"你尝尝！"那人兴高采烈。

果然很甜。糖含进嘴里时陆新雨想。

"这个公园离我家挺近的，也就几个公交站的距离，小的时候我经常来玩儿。"

代来秋含着糖，声音有些含糊不清。

"你没吃过吧？搅搅糖，很甜的。我小学的时候每到周末都会缠着我爸妈带我过来买。"

其实陆新雨吃过，搅搅糖在他家乡那边就叫麦芽糖，但他不忍心打断面前这个和他滔滔不绝介绍着的少年。

"以后要是你有空，哥可以带你出来玩儿。"

"今天忘了带你去吃冰粉，那就改天吧。"

"要去学校附近那家开了好久的火锅店，那里实惠，菜也好吃。"

陆新雨看着代来秋没说话，帅脸没什么表情，只是眼神中闪烁着柔光。

"怎么了，哥太慷慨，把你帅呆了？"代来秋问。

陆新雨摇摇头道："不是，是觉得，既然我们是朋友了……

· 117 ·

我是不是也该向你分享点什么。"

他把一直戴在耳朵上的蓝牙耳机摘了一只下来，塞进了代来秋的左耳。

"你不是说我总戴着耳机吗？我猜你应该也很好奇耳机里在放什么。"

耳机里起初是没有声音的。陆新雨的手指轻轻摩挲了两下，耳朵里便传来一段细微的噪声，随后一个稚嫩的童声传出来，甜甜的，像是在撒娇。

"哥哥，你什么时候回来看我呀，我和妈妈都想你啦。"

"嗯……好吧，主要是我想你了，因为妈妈有了新的宝宝。"

"今年过年哥哥可以来接我回去吗？我想和哥哥一起过年。"

"这是我妹妹。"陆新雨说。

"其实我不怎么听歌，戴着耳机只是不想和别人多说话，心情不好的时候就会听我妹妹的语音。"

"那你妹妹……"代来秋问得小心翼翼。

"我父母离婚了，我妈带着我妹，我跟着我爸。我爸工作很忙，一年里在家的时间不到一个星期。我妈受不了，就离了。

"我妹比我小八岁，本来要和我一起跟着我爸，她太小，我妈不放心，怕我和我爸照顾不好，就带着她走了。"

"那你……"

"我妈离婚后又再婚了，前两年没什么，她没有新孩子，这两年她又生了一个，我就想着把我妹接回来，免得她在那边受委屈。

"所以有时候觉得烦躁或者累了，就会听她说说话。告诉自己没资格休息，她还在等我。"

怪不得那间屋子里只有陆新雨一个人住。

"那你妹妹一定很喜欢草莓和小熊吧？"代来秋问。

"不是，"陆新雨脸上闪过一丝羞赧，"是我自己。"

"你喜欢？"代来秋惊讶道。

陆新雨道："嗯，我喜欢。小时候因为脸臭，没什么小朋友敢跟我玩儿，后来有一次我穿了小熊毛衣，他们都觉得小熊可爱，就跑过来和我玩儿，也不在乎我是不是看起来很凶了。"

"后来我也慢慢喜欢上了小熊，总是习惯性地买带小熊元素的衣服。可能这样也可以稍微缓解一点我面部表情带来的严肃吧。"

陆新雨苦笑。

"哈哈。"代来秋笑出来，"这有什么呀，说你凶的人一定不够了解你，虽然我曾经也是那么认为的。"

"还有，陆新雨，我爸妈也经常出差，我也总是一个人。以后要是无聊了，就来找我玩儿，我不是你的新朋友吗？

"还有啊，到时候考上大学，你把你妹妹接来了，哥带你们俩一起玩儿！"

皎洁月色下，眼前少年豪情万丈地许诺，像立下什么山盟海誓，真诚又坚定。

陆新雨定定地与那双明亮炽热的眸子对视几秒，像不堪承受热情般地别开了眼睛，却又诚恳地答了句："好。"

8

离开的时候，代来秋和陆新雨堪堪赶上末班公交车。

在车子启动的引擎声中，陆新雨瞟到路边立着的站牌名字——空山公园。他忽然想到一句诗：空山新雨后，天气晚来秋。

如果他来报道那天，代来秋没有迟到，他们没有对视那一眼；如果今晚代来秋没有推掉聚会，没有一时兴起和他出来玩儿；如果那些孩子没有和他们同乘一辆公交车，代来秋没有和他一起去空山公园……

那他是不是会失去一个本可以交心的好友？

不过没有如果。

陆新雨看了一眼身边早已玩儿累，靠着车窗昏昏欲睡的代来秋，不动声色地勾了勾嘴角。

明明这个新朋友，对于他来说，才更像一块草莓夹心的小熊饼干，让这个秋天，轻易地甜美起来。

完

Strawberry

THE ONLY ONE

✕ ✕ ✕ ✕

玫瑰庄园
The Rose Garden

文 ▶ 九墨君

"他好像看到了天使在冲他微笑。"

善良忠犬 仆人

#欧风/双向救赎

病娇贵族 主人

玫瑰庄园

文/九墨君

你也会在无人的房间起舞吗?

◆ 1 ◆

安格斯是斯科沃庄园的小主人。

西蒙曾远远地见过他一面,他坐在花丛里,头发如蜜般金黄,皮肤如奶般白皙,阳光照在他的侧脸上,给他精致的五官抹上一层圣洁的光辉,就像是降临在人间的天使。

西蒙逐渐看痴了,他从未见过这般美好的人,虚幻得如同圣经中讲述的天使,纯洁神圣又一尘不染,仿佛多看一眼都是种亵渎。

天使没有想到背后有人正在偷看,他伸手折断身旁的一朵玫瑰,玫瑰花茎上长着尖锐的小刺,他却毫不在意,任由茎刺刺穿手指的皮肤,流出殷红的血液。

他将玫瑰花放在鼻尖轻嗅,随后皱起眉,厌恶地将玫瑰扔在地上,连带着几滴血珠飞溅进泥土里。

西蒙脸色变白,如梦初醒般回过神来,不敢再看,低头快步离开。

他想到了关于天使的传闻。

天使的名声在庄园中并不算好，西蒙常听到其他男仆谈论起小主人，在他们口中，小主人成了比恶魔还令人恐惧的存在，他面色阴沉，喜怒不定，最喜欢残忍地惩罚仆人——见血的那种，所有人都很害怕他。

不过最后，他们总能谈论到小主人的身世上去。

其实没什么好说的，西蒙刚进庄园的时候，就听到了不少的八卦。

比如——小主人是老爷的私生子。

老爷是仆人们名义上的主人，但仆人们从没见过他。

只听别人说他是王城里的大人物，与伯爵的妻子偷情生下了小主人，只要等到伯爵去世的那一天，他就会来接小主人回王城，继承伯爵的田地和爵位。

这样的传闻不知道是从谁的口中传出来的，反正几乎每一个仆人都听过。

时间久了，有一些男仆动了心思，千方百计地想要得到小主人贴身男仆的位置，然后没过两天就满身伤痕地滚出了庄园。

谁也不知道他们犯了什么错，但有一点是真的——安格斯不是什么仁慈的主人，这是被他辞退的第九个贴身男仆了。

说起来，西蒙能进庄园，说不定还要感谢这些被辞退的男仆呢。

但这一切传闻都跟西蒙没什么关系，毕竟他只是个负责打扫卫生和看管马厩的下级男仆，一个月可能也见不到小主人一回。

◈ 2 ◈

在庄园工作的唯一好处就是不用担心会饿死。

· 125 ·

西蒙早上六点钟就要爬起来，只比负责点燃壁炉的女仆晚半个小时，然后便急匆匆地开始打扫大厅的卫生，再去厨房用餐。庄园的伙食不错，即使是仆人也能吃上面包、炖菜、玉米糊和啤酒。

不过最晚七点，所有仆人都必须用完餐离开，将厨房交给厨师准备小主人的早餐。

高级仆人开始布置餐厅和摆放餐具，这时候他们会清场，禁止下级仆人旁观或是偷看，某种意义上来说，这是他们的"私有财产"。

西蒙被赶去打扫庄园的卫生，等到中午再进入餐厅继续工作，下午还要去马厩搭把手，总之一天中几乎没有闲下来的时间。

这和庄园的规模也有一定关系，虽然庄园很大，但只有安格斯一个小主人，因此减少了仆人的数量，剩下的仆人自然要承担更多的工作。

晚上西蒙睡在马厩内，这算是看管马厩的好处，不用跟其他仆人去挤冰冷狭窄的仆人房，而且冬天里马厩比较暖和。

这晚西蒙躺在马厩的稻草上，翻来覆去地睡不着觉，肚子咕嘟咕嘟地叫着，他用力揉着肚子想让它安静点，但好像用处不大。

仆人一天只有两餐，安排在早上六点和下午两点，早晨西蒙不小心得罪了一位高级男仆，被罚一整天不准吃饭，他已经有足足三十三个小时没有吃东西了。

西蒙闭上眼睛躺了一会儿，最后认命地爬起来，悄悄地向厨房走去。

厨房内通常会剩下一些白天没吃完的黑面包，它们被留作第二天的一部分早餐。

西蒙蹑手蹑脚地推开厨房门，门扉开合的吱呀声在寂静的夜晚中显得格外清晰，他浑身僵硬一瞬，但好在没有听到其他任何声响。

西蒙放松下来，借着昏暗的月光在厨房内搜寻，最后将目光停驻在厨台上一筐用花布罩着的黑面包上。

他走过去伸手拿了一个，然后随意地坐靠着厨台，晚上的黑面包变得像石头一样坚硬。

西蒙用力掰下一块黑面包，放进嘴里含住，等待唾液将面包浸湿变软，才能成功吞咽下去。

就这样吃了小半块黑面包，忽然，他看到了一个黑影出现在厨房门口。

西蒙被吓得僵住了呼吸，手脚都不知道该往哪里摆。

黑影探头往厨房里扫视，像是在奇怪门为什么是开着的，不知是不是西蒙所在的角落比较昏暗，黑影竟没有发现他。

西蒙看黑影的身形不像是肥胖的厨娘，反倒有些修长纤细，可能是同来偷吃的男仆，正准备站起来打招呼，却倏然发现月光下的黑影有着一头灿烂的金发。

西蒙惊得差点咬到舌头，那金发打理得光滑整洁，尾部向上翘起打卷，如同绅士般高贵端庄，仆人不可能有这样的头发，这只可能属于他的小主人安格斯。

西蒙又悄悄地往角落里缩了缩，内心祈祷千万不要被小主人发现。

他的祈祷可能被上帝听到了，安格斯没有看向他藏身的角落，而是直接走进厨房。

小主人晚上来厨房干吗，需要什么直接吩咐贴身男仆不行吗？西蒙紧张地胡思乱想着。

安格斯走到橱柜前往上看，西蒙愈发紧张起来，心脏怦怦地剧烈跳动，他离小主人只有几步的距离，简直不敢想象小主人发现他的后果。

安格斯踮起脚尖向上抬手，西蒙听见指甲在木质橱门上摩擦的声音，小主人好像想要打开顶橱，却因为身高原因够不到。

安格斯努力了一会儿，西蒙听到了恼怒的冷哼声，小主人生气地走开了，他终于松了一口气，反应过来后又有些想笑。

很快西蒙就笑不出来了，安格斯从厨房壁炉旁搬了一把小椅子过来，他把小椅子摆在顶橱的正下方，然后踩着它站上去。

安格斯又踩了两脚，确认椅子牢固后才看向顶橱，原本有些过高的距离现在正合适，他有些愤恨地拉开顶橱。

顶橱的柜门是长方形的，向右直接拉开的话会碰到他的头，安格斯不得不向后仰倒一些，好让柜门通过。

可柜门还是碰到了他的鼻梁，安格斯本能地向后挪了一步，他忘记自己正站在小椅子上了。

一脚踏空，恐怖的失重感瞬间笼罩住他，椅子被踢倒在地，安格斯直直地向后倒去。

完了，安格斯惊恐地闭上眼睛，已经想象到自己磕得头破血流的画面。

下一刻，他跌到了一个温暖宽阔的怀抱里。

西蒙看到安格斯踩着小椅子向后仰时就有些胆战心惊，没想到糟糕的事情真的发生了，安格斯一脚踏空向后跌倒，西蒙来不及思考，直接站起来张开双臂，好在他成功接住了小主人。

两人一同跌倒在地上，西蒙被垫在下面，吃痛地叫了一声。

安格斯脸色惨白，急促地呼吸着，额角的汗水浸湿沾黏着一绺金发，他茫然地躺在西蒙怀里，还没弄清楚发生了什么。

"小主人，你没事吧？"西蒙涨红着脸，结结巴巴地说着，他又急忙扶着小主人站起来，内心满是担忧和愧疚，甚至还有些自卑，怕自己弄脏了小主人，因为他刚从马厩里爬起来。

安格斯冷静下来，他甩开了西蒙的手，然后冷冷地注视着面前这个低着头的男人："你是谁,你在厨房干什么?"

西蒙第一次听见小主人的声音,清冷磁性中又带了一分少年的稚嫩,他愣了一下然后支支吾吾地说不出话来。

安格斯注意到了他身上穿的男仆装："你是庄园的男仆?"

"是的,小主人,我是庄园的下级男仆。"西蒙的头更低了。

"你叫我什么?"安格斯皱眉,漂亮的蓝色眼眸带上几分不悦。

"小主人啊。"西蒙茫然地抬起头。

安格斯有些惊讶,昏暗的月光下,面前男人的脸庞还残留着些稚嫩,却已经有了硬朗的轮廓,他脸上有些乌黑,但也能看出略显俊秀的五官。

安格斯的气莫名消了三分,他冷哼一声："我还有四个月就成年了,你需要叫我先生。"

"好的,先生。"西蒙又重新低下头。

"你在这里干什么?"安格斯注意到了西蒙脚边的黑面包,不自觉地提高了声音,"你在偷窃厨房的食物?"

"不,我没有。"西蒙猛然抬起头,他瞪大了眼睛,近乎急切地辩解道。

安格斯勾起微笑,继续咄咄逼人地说："你知道偷窃七先令以上的财物,我就可以让治安官将你送上绞刑架吗?"

西蒙脸色惨白,嗫嚅着说不出话,急得眼睛通红,却又一时想不到说辞解释,最后竟委屈地流下眼泪来。

他哽咽着用手抹去眼泪,内心满是委屈和伤心,心想他刚刚还救了小主人呢,小主人怎么能这样指责他,而且他还哭了,真是在小主人面前丢人。

安格斯一愣,他确实没想到面前的男人会哭出来,但好像……也蛮有趣的。

安格斯笑出声来,他不紧不慢地抽出胸前的手帕递了过去:

"够了，别哭了，这一点都不体面，而且我也没打算这样做。"

西蒙泪眼蒙眬地看见了手帕，他愣了一下，还是伸手接了过来，但他没敢拿来擦泪，只是紧紧地攥在手心里。

"这样吧，你帮我从顶橱取一瓶苹果酒来，这件事就算结束了，那个面包就当是我送你的。"安格斯指了指顶橱说。

"哦。"西蒙还是有些抽噎，他看向头顶的顶橱，然后踮起脚打开柜门，从里面取出一瓶苹果酒放在桌子上。

安格斯没有说话，随后有些恼怒地看向西蒙，他这才发现，西蒙竟比他高了半个头，他辛辛苦苦还差点摔伤都没干成的事情，西蒙轻松地就完成了。

"厨台上有杯子，需要我帮你倒吗？"西蒙犹豫了一下，想起来之前小主人说的话，"先生。"

安格斯冷着脸说："不用，我自己会倒。"

他从厨台上拿了一个杯子，随后倒上一杯苹果酒一饮而尽，酸甜的味道让他忘记之前的情绪，忍不住惬意地眯起眼睛。

管家一直都禁止他喝这种下等人的饮品，教导他绅士应当喝属于上流社会的葡萄酒，但他实在有些接受不了葡萄酒略带苦涩的口感，只好偶尔来厨房偷喝苹果酒。

"好了，这件事就算结束了，别忘记帮我收拾好。"安格斯放下杯子，满足地向外走去。

忽然他想到什么，回头看向厨房内沮丧低头的男人。

"你叫什么名字？"安格斯说。

"西蒙，先生。"西蒙有些茫然地抬起头。

◆ 3 ◆

第二天一切又恢复了正常。

西蒙继续干着每天都一样的工作，那晚的经历就像梦一般不真实，被他深深埋在心里，没有跟任何人说起，他无法想象自己真的跟小主人说上了话，小主人还问了他的名字，这让他足足开心了一整个星期。

每天晚上他都要取出口袋里的手帕，借着月光看上一遍又一遍，只有这样他才能确定一切都是真实的。

转眼半个月过去了，就在西蒙沮丧地认为小主人已经忘记他的时候，一个消息又让庄园热闹起来。

"听说管家又把小主人的贴身男仆辞退了？"男仆们聚在一起八卦。

"可不是吗，我今天早上还看到他脸色难看地离开庄园呢。"

"真是活该，谁让他当上贴身男仆后那么嚣张。"

……

西蒙无神地咀嚼着口中的黑面包，他没有心情去听男仆们讨论小主人。

不用想也知道，他们接下来又要说小主人的坏话了，说他心肠狠毒说他性格阴冷，他真想跳出去和他们大声争论，小主人还宽恕他偷吃食物呢。

可他不敢，西蒙沮丧地低着头，在心里向上帝忏悔自己的懦弱。

忽然，他听不见男仆们的交谈声了。

西蒙奇怪地抬起头，看见了宛如雕像般僵硬的男仆们，然后顺着他们的视线看到了门口的管家。

管家？！

西蒙差点一口呛住，他艰难地吞咽着口中的面包。

"谁是西蒙？"卡森在门口犹豫片刻，还是选择站在门外。

男仆们齐刷刷地看向西蒙。

"啊？怎么了？"西蒙大喘着气,终于将那块面包吞咽下去了。

· 131 ·

卡森皱着眉打量着西蒙,冷着脸说:"你以后就是安格斯少爷的贴身男仆了,去找赛瑟琳领身贴身男仆的衣服。"

西蒙手中的黑面包掉在了地上。

"你认识字吗?"赛瑟琳打量着他。

西蒙局促地摇摇头:"不认识,管家。"

赛瑟琳是庄园的女管家。

"那你会穿绅士的衣服吗?"赛瑟琳又问。

西蒙还是摇头,他的眼睛盯着鞋尖,头几乎要垂到地板上去。

"哦,上帝啊,那你会些什么?"赛瑟琳夸张地扶额,一副快要昏倒过去的模样。

"我会打扫卫生和喂马,管家。"西蒙羞愧地低下头,声音越说越小。

"算了,那都过去了,从今天开始,每天下午你都要跟着我学习最基本的东西,我希望你会是一个聪明的学生。"赛瑟琳将贴身男仆的衣服递给他,"现在你去找安格斯少爷吧,他应该在书房等着你,记得把衣服换上。"

"好的,管家。"西蒙接过衣服。

贴身男仆的衣服明显要比下级男仆的精致不少,它包括一身体面的男士衬衣和外衣,紧身裤和白色长袜,以及一双羊皮尖头鞋。

西蒙勉强穿戴完毕,匆忙往书房赶去,他已经在穿衣服上浪费很多时间了。

书房在大厅的二楼,虽然他已经在庄园工作一年半了,但这还是他第一次踏上大厅二楼的红毯。

西蒙站在书房门前深吸一口气,平复自己有些忐忑不安的心情,不要再在小主人面前丢脸了,他告诉自己,然后敲响了房门。

"进来吧。"慵懒的声音响起。

西蒙推门而入，正对门的窗户敞开，丝绒布帘随风摇曳，窗下书桌整洁，厚重的书籍堆叠在一起，安格斯坐在右侧的沙发上，手里捧着一本书阅读，明媚的阳光撒进屋内，照射在他的金发上。

西蒙被这不曾设想过的画面晃了神，随后弯腰低下头："安格斯先生。"

安格斯抬起眼眸，跟他想的一样，西蒙穿上这身衣服会很好看，修身的衣服将他高大的身材勾勒得愈发明显，配上英俊的五官，他就像是一位真正的绅士。

"成为贴身男仆的感觉怎么样？"安格斯继续低头看书。

西蒙勉强维持着平静："我有点害怕，安格斯先生，我不知道自己为什么能当贴身男仆，我不识字也不懂礼仪。"

"这是上次你救我的报酬，满意吗，还是你不想当我的贴身男仆？那我可以让管家再换一个。"安格斯没有抬头，就好像在谈论一件无关紧要的事情。

西蒙只觉得沮丧失落，说不清的原因让他胸口有些难受："不，我想成为安格斯先生的贴身男仆，请不要换掉我。"

他的声音有些低沉，就像是要被抛弃的小狗。

"那你就是了。"安格斯将书合上，懒洋洋地往身后一躺，微笑地看着西蒙，控制西蒙的情绪让他感到安全满足，"去下面帮我倒一杯咖啡来，卡森一会儿就要进来上课了。"

"好的，安格斯先生。"西蒙离开书房。

◇ 4 ◇

西蒙将咖啡杯端到沙发前的茶几上，随后安静地站在一旁。

安格斯拿起咖啡喝了口又放回托盘中，书房内安静得只能听见小主人翻动书页的声响，在这旭日的暖阳中，西蒙感受到了前所未有的满足。

书房外响起敲门声。

"进来。"安格斯说。

穿着得体的管家推门而入,他微微欠身,每个动作都仿佛尺量般精准与优雅,体现着一丝不苟的绅士风范。

"少爷,该上课了。"卡森说,他又转头看向西蒙,"西蒙,赛瑟琳在外面等着你。"

"出去吧。"安格斯点点头,挥手示意他离开。

卡森侧身让开道路,西蒙不舍地看了眼小主人,还是转身离开,卡森在他身后将门关上,仿佛将他隔离在世界之外。

"西蒙。"赛瑟琳冲他喊道。

西蒙回过神来,微笑地看向面前微胖的女士:"赛瑟琳管家。"

"很好,看来你很适合这身衣服。"赛瑟琳赞叹地围绕他看一圈,没想到原本灰头土脸的下级男仆,穿上这身衣服也变得绅士起来。

"现在我们开始学习最基本的东西,让我想想,就从端盘子开始吧。"赛瑟琳一拍手,从地毯上拿起准备好的银质托盘和空酒瓶。

"看好我是怎样端盘子的。"赛瑟琳喊着,然后单手端起托盘,略显费力地挺起胸脯,她目不斜视地向前走,另一只手抵在后腰,走起路来沉稳又轻盈,微胖的身躯显得优雅端庄。

"看到了吗,走的时候要把胸挺起来,手必须要稳,不能晃,眼睛不要乱看,只管往前走就好,左手放在后腰的地方,要用力抵着,这样才会显得好看……"赛瑟琳喋喋不休地说了一大堆,然后眼睛发光地看向西蒙。

显然她想让西蒙试一下。

西蒙迟疑地从地上端起托盘,还没站稳就听到托盘上的空酒瓶互相碰撞发出的声音,他慌忙扭动身躯让托盘保持平衡,费了好一番力气才没让酒瓶摔碎。

他讪笑地抬头看向女管家,赛瑟琳捂住额头,一副快要昏倒的模样:"天啊,我从没见过像你这么笨手笨脚的男仆,你把酒瓶放在地上吧。"

西蒙乖巧地卸掉酒瓶,然后听从赛瑟琳的命令端着空银盘走了一个来回。

赛瑟琳的面色有些难看,西蒙走路的姿势就像是猴子一样滑稽,也许是他想模仿却又不得要领:"糟糕,真是太糟糕了,可能这对你来说还是太难,这样吧,你从站姿开始练起。"

赛瑟琳从他手中抽回盘子,然后将盘子放在他的头上,又让他贴着墙站立:"注意别让盘子掉下来,我们先练习,嗯,三个小时吧。"

西蒙听话地贴着墙站立,原本他认为这没有什么难的,可一个多小时过去,他才意识到这并不简单,他的腰有些酸痛,小腿肚在微微发颤,不舒服的感觉从全身各处涌来,十几年的习惯姿势被强行矫正。

西蒙闭上眼睛努力坚持着,他不想让小主人失望。

天使,他想到了最初见到小主人时他的样子。

不知道坚持了多久,他仿若幻听般地听见了书房内的些许声音,他听见小主人生气地质问,甚至隐约听到了瓷器破碎的声响。

书房门被拉开,卡森走到书房门外弯腰:"少爷,我先退下了,还请你好好冷静一下,她毕竟是你的母亲。"

卡森扭头看向贴墙发抖的西蒙,又转向赛瑟琳吩咐道:"咖啡杯不小心碎了,你进去收拾一下。"

卡森转身走下楼梯,动作依旧平稳冷静。

"好了,今天就教到这里吧,你先休息一下。"赛瑟琳对他说完,便急匆匆地进入书房。

西蒙绷紧的身体一下子瘫坐在地毯上，他感觉全身每一处都酸痛不已，像是有蚂蚁在爬一般，额角更是布满了汗珠，眼前的视野也变得模糊。

西蒙抬起手擦掉额角的汗水，一低头就看到一双黑色皮靴出现在他的旁边。

是小主人。

西蒙慌忙强撑着站起来："小……安格斯先生。"

西蒙差点咬到舌头才把称呼换回来。

安格斯没有说话，他抿住嘴角，紧蹙的眉峰像是暴风雨来临前般压抑，蓝色的眼眸冰冷，整张脸上都写满了不悦。

"赛瑟琳都教了你什么？"安格斯冷笑一声。

"赛瑟琳管家教我端盘子和站姿。"西蒙低着头轻声回答，他能感到小主人心情很差，"我学得不是很好，但我会努力学的。"

"哦？"安格斯不知想到了什么，嘴角露出了微笑，他语气变得温和，引诱似的开口，"你什么都愿意学吗？为了成为我的贴身男仆？抬起头来。"

西蒙茫然地抬起头，疑惑的眼睛看向那精致的面庞，金色的光泽遮盖了他的视野，他无法去思考话语背后的含义："是的，我愿意。"

他好像看到了天使在冲他微笑。

安格斯靠近他低语，细碎的吐息声让他不由得身体一颤："看到那边的酒瓶了吗，帮我把它踢下去。"

西蒙不自觉地看向栏杆空隙处的酒瓶，瞬间仿若有盆冷水从他头上浇下来，他打了个冷战，只觉得寒冷从指间蔓延到骨髓。

那是赛瑟琳教学用的空酒瓶，因为他端不起来所以被赛瑟琳整齐地摆放在栏杆处，而楼下传来细微的声响，高级仆人们正在布置餐桌。

"不，安格斯先生。"西蒙脸色惨白地看向他，"下面有仆人在工作，酒瓶掉下去会砸到他们的，而且那是赛瑟琳管家的，我不能动它们。"

西蒙语无伦次地解释着，他看见小主人的微笑逐渐僵硬消失，安格斯没有说话，只是冷冷地看着他。

"这是不对的。"他最后祈求般地呻吟。

"这是你最后的机会。"安格斯重新站好，眼神冷漠地从他身上移开，"我再说一遍，把酒瓶踢下去，不然你就不是我的贴身男仆了。"

西蒙只觉得心脏都被紧紧攥住，仿若心悸般喘不过气来，他艰难地呼吸着，扭头看见安格斯毫不留情地转身离开。

巨大的恐慌将他笼罩，大脑短暂地空白了两秒钟，耳边传来尖锐的嗡鸣，他不知道自己在干什么。

清脆响亮的玻璃破碎声在大厅回荡，紧接着就是仆人们的尖叫声，下面的人群乱作一团，所有人都嘈杂地叫喊着。

西蒙看见安格斯停住脚步，随后转过身微笑地看着他，那是一张被上帝亲吻过的脸庞，此刻却让他感到了恐惧。

西蒙不可置信地捂住脸，眼泪瞬间流下来，他痛苦地闭上眼睛，上帝啊，他到底干了什么，他伤害了一名无辜的仆人。

西蒙瘫跪在地毯上，捂住脸痛哭起来，内心的愧疚让他备受折磨。

安格斯愣然地看着西蒙的眼泪，莫名地没有感到愉悦，只是觉得胸口闷闷的，他冷哼一声，随后转身离开。

◇ 与 ◇

这件事最终没有闹大，安格斯负了全责，他说自己不小心将瓶子碰倒了，并且询问有没有仆人受伤。幸运的是，瓶子并没有砸到任何人,也没有人因此受伤,几名仆人将碎玻璃清扫出去,所有人都将这件事遗忘在了脑后。

除了西蒙,他深夜常被噩梦惊醒,梦到那天酒瓶砸到了一名仆人的头上,那名仆人头破血流昏迷不醒,最终因为失血过多而死。

他被吓出了一身冷汗,半夜惊醒后再也无法入睡。

早晨西蒙又挂着一对黑眼圈去为小主人穿衣,他盯着小主人完美的脸庞,恍惚间怀疑那天发生的一切是不是一场梦境,现实中的小主人依旧那么温柔善良,宛若天使一般。

安格斯勾起嘴角微笑,西蒙回过神来,用小扫帚扫平衬衣的褶皱和灰尘。

他现在已经是一名合格的贴身男仆了,在赛瑟琳一个月的教导下,他学会了穿戴各种复杂的衣服和首饰,学会了端着盘子走路和各种绅士礼仪,连卡森都赞赏过他的表现。

西蒙为小主人穿好衣服,从楼下端了一杯咖啡放在书房。

小主人的生活十分规律,早晨用完餐后就会前往书房读书,直到卡森管家进去上课,这时西蒙会在书房外等候,类似那天失控的情景再也没有出现过。

下午小主人最喜欢到花园去享受下午茶时光,木质的桌椅摆放在盛开的鲜花中,茂盛的植被覆盖视野的每一个角落,西蒙安静地站在一旁,小主人坐在椅子上,修长的手指端着一杯红茶品尝。

阳光照射在他的金发上,莹润的光泽让西蒙恍惚一瞬,他又想起了那个下午,他打扫完卫生匆忙赶去马厩,无意间抬头看见了花园内的小主人,那时他以为看见了天使。

谁能想到几个月后,他成了小主人的贴身男仆呢?

安格斯将茶杯放在小桌子上,桌面上摆放着花仆早上刚剪下的玫瑰，娇艳殷红的玫瑰花瓣还带着清晨的雨露，像是娇羞的女士般待人采撷。

安格斯从花瓶中抽出一支玫瑰，他先将玫瑰花放在鼻尖嗅了嗅，随后摘下几片花瓣在指间把玩，娇嫩的花瓣经受不住这样的蹂躏，渗出的汁水染红了他白皙的手指。

小主人好像有什么烦心事，西蒙没有理由地这样感觉，小主人的眼睛没有聚焦，迷茫地注视着前方，他在想着什么？

西蒙忍不住想开口询问，他想为小主人分担些烦恼，哪怕只有一点也好。

一只白色的蝴蝶翩然落在安格斯的指尖，西蒙一愣，随后神情变得柔和，他希望这只蝴蝶能为小主人带来好运。

安格斯侧过头，像是在疑惑蝴蝶为什么会落在他的指尖，他那只手没有移动，另一只手悄然向前，他想要触摸那只蝴蝶。

颤抖的指尖触碰到了蝴蝶的翅膀，白色的蝴蝶扇动蝶翼，它没有逃跑，依旧停留在原地啜饮玫瑰的汁水。

下一刻，安格斯残忍地撕扯掉蝴蝶一侧的翅膀，西蒙被吓得惊呼出声，美好和谐的一幕瞬间变得血腥残忍，蝴蝶受惊地想要逃离原地，它挣扎着起飞，却失去平衡跌落在桌子上。

"为什么要这么做？"西蒙的声音有些发颤，他无法理解小主人的行为，天使怎么会干出这种事情来呢？

安格斯疑惑地回头看向他，随后慵懒地靠在椅子上，他抽出胸前的手帕擦拭手指："我为什么不可以这么做呢？"

"这太残忍了，它什么都没有做错。"西蒙难受得想要落泪，他察觉到小主人的不悦，可他还是想说，"上一次也是的，为什么要将酒瓶踢下去呢？它会伤害到别人的。"

安格斯冷笑一声："所以呢，你想说什么？指责我的罪行吗？说我不配成为绅士？不要忘记你的身份，下级男仆西蒙。"

安格斯站起来，转身就想离开。

西蒙慌忙拉住安格斯，脸色惨白地说："不，我从没这么想过，小主人。"

"我只是觉得，你不会这么做，你应该像天使一样。"西蒙将自己的真实想法说出来，他忘记了两人身份地位的差距，他是那么坦诚那么直白地吐露心扉。

是的，小主人在他心中一直是天使，从未改变过。

安格斯恼火地收回手，他愤怒地转身，刚想将自己的怒火发泄出去，却对上那样一双湿漉漉的眼眸，那双眼睛好像将全部的信任都给了他。

这是他从未拥有过的真诚。

安格斯忘记了要说的话语，他愣然地停留在原地，所有的怒火都像风一般消散了。

天使，西蒙一直都是这样看他的吗？

他突然有了想要倾诉的欲望。

"有很多蝴蝶 出生就没有翅膀，它们终生都会与泥土为伴。"安格斯认真地看着他，"它们不曾见过天空，也不曾闻过花香，那只蝴蝶凭什么这么幸运呢，它……"

安格斯平静地说着，像是在讲述些不相关的话，可西蒙却觉得小主人在伤心，是的，从他低垂的睫毛中，从他开阖的唇齿中，悲伤流淌而出，他像是孤身站在暴雨里，冷漠而疏远地寻求安慰。

"不要再说了。"西蒙缓缓摇头，"不是这样子的，世界怎样对我们，这是无法改变的，我们只能去温柔地对待世界。"

"下雨了，我回书房去了。"安格斯头也不回地离开了。

西蒙怅然若失地收回手，他抬头望向天空，原本晴朗的天空变得昏暗，铅块般沉重的乌云缓慢飘动，几滴雨珠落在了他的掌心，冰冷了残留的温度。

西蒙像是想起来什么,急匆匆地往回跑去。他来到小桌子旁,低头看见了那只残缺的蝴蝶,它跌倒在桌子上,胡乱地挥舞触角想要翻身。

他叹了口气,怜惜地将它捧在手心,弯着腰跑进了大厅。

西蒙将蝴蝶放进了大厅的花盆里,那里有一株含苞待放的月季,他看着蝴蝶挣扎着爬上花瓣,内心充满了愧疚。

对不起。

❖ 6 ❖

这场暴雨来得突然,豆大的雨水噼里啪啦地打在玻璃上,窗外朦胧一片,绵密的雨幕将一切都遮盖。

卡森扯着嗓子指挥仆人们将物品搬回屋子,外面嘈杂声不断,这场忙碌紧张的工作一直持续到傍晚。

西蒙拉上窗帘,跪着开始为母亲祈福,为家里的三个弟弟妹妹祈祷健康,还有小主人,他希望小主人永远开心。

等一切都结束后,时间已经很晚了,西蒙躺在床上准备睡觉。

贴身男仆有一个独立的小单间,就在小主人房间边上,单间虽然不大,却也有一张单床和小窗户,而且还能蹭到隔壁的暖炉,西蒙对此很满意。

窗外传来淅淅沥沥的雨声,西蒙很快陷入了浅眠,昏昏沉沉意识模糊,忽然他被惊醒,轰隆的雷声在他耳边响起。

外面的雨下得更大了,雷声伴着闪电,将这所窄小的单间照亮一瞬。

西蒙没了睡意,他清醒地闭上眼睛等待睡眠,他知道这是春天要来了,往常的这个时候,他要帮母亲准备春天的播种。

忽然,西蒙听到了瓷器破碎的声响,那声音沉闷微弱,瞬间消失不见,他怀疑自己是幻听了,可那声音是从隔壁传来的。

隔壁是小主人的房间。

西蒙犹豫地走下床，穿上鞋，悄然打开自己的房门，过道上空无一人，黑得看不见五指，他萌生了回去的念头，却又无法说服自己放心。

就看一眼，他最后这样决定。

西蒙鼓起勇气走到小主人的门前，他尽量放轻脚步压低声音，然后轻轻地推开门。

短促的闪电如同利剑般刺破黑暗，昏暗的房间骤然亮起一瞬，西蒙吓了一跳，恍惚间他好像看到了小主人，可当他想看得再清楚些的时候，房间内又恢复了黑暗。

"安格斯先生。"西蒙不确定地轻声叫喊，他按照记忆中的房间布局小心地挪动脚步，想先去床边看看小主人还在不在。

西蒙小心地摸索着前进，刺目的闪电再一次亮起，这次他惊呼出声，他看见小主人穿着睡衣抱膝蜷缩在角落，但他看不见小主人的脸。

"安格斯先生，你还好吗？"西蒙向小主人的方向移动，他一只手在前面摸索，另一只手抓住旁边的家具防止摔倒。

"啊。"西蒙跌倒在地上，他碰触到了冰冷的肌肤，然后被狠狠推倒在地。

"出去！滚！"他听见安格斯这样喊道。

"别怕，安格斯先生，没事的。"西蒙吃痛地爬起来，依旧小心地向前摸索。

然后他又被狠狠地推倒在地上。

"我没有害怕，谁允许你进入我房间的，滚出去，不然我要解雇你！"他听见安格斯愤怒地吼着，可他的声音是那么虚弱，甚至还有些颤抖。

"没事的,没事的。"西蒙轻声安抚着说，他揉了揉磕到的手腕，

· 142 ·

依旧选择向前爬去。

然后他又被推倒在地，爬起来，又被推倒，像是什么幼稚的游戏，这样往复三四次，他终于触碰到了小主人的手臂，这次他没有被推开。

接触到的肌肤黏腻冰冷，安格斯整个人都在打战，西蒙靠近后甚至能听到他上下牙齿碰撞在一起的声响。

"不要害怕，没事的。"西蒙轻声安慰道，他轻拍着小主人的手臂，像是在安抚受惊的野猫，他摸到了皮肤上凹凸不平的牙痕。

轰隆的雷声再一次炸响，西蒙感到小主人猛然一颤，又要用力把他推开，这次他先扑上前按住了小主人。

"没事，不要害怕，我在这里。"西蒙护住安格斯，小主人像野猫胡乱舞动着爪子，但他只是一遍又一遍地轻拍着小主人的后背，小时候母亲就是这样安抚他的。

突然他的肩膀上传来一阵剧痛，安格斯狠狠地咬了他一口。

西蒙吃痛地叫出了声，却忍住没有推开他。

安格斯逐渐冷静下来，西蒙听见他虚弱但清晰的声音。

"扶我回床上。"安格斯这样说。

西蒙将小主人扶到床上，又把被子给他盖好，黑暗下的人影不再颤抖，安静地任西蒙弄好。

西蒙看了眼黑暗中的小主人，轻声说："安格斯先生，那我走了。"

西蒙刚转身就感到衣袖被拉住，又被迅速放开，他疑惑地转头。

安格斯有些羞耻自己刚才的本能反应，他扭过头闷声说："等我睡着后再走。"

西蒙哑然失笑，他想到了自己家中的弟弟，内心一片柔软，搬了把椅子在床边坐下。

· 143 ·

静谧的深夜中传来渐沥的雨声，两人都没有说话，只能听见彼此的呼吸声，西蒙坐在床边犯困，头脑昏沉地上下点动，忽然被人用枕头垫住脑袋，他就这样睡了过去。

安格斯没有睡着，他盯着漆黑的房间自言自语。

"我的母亲是个交际花。"

没有人说话，西蒙也许是太累了，已经打起了轻微的呼噜。

安格斯继续自顾自地说着。

"我八岁前住在漏雨的木屋里，晚上家里没有一个人。"

依旧没有人说话，安格斯也许是觉得没什么好说的，也陷入了沉默。

又过了很久。

"我不是天使。"

深夜中，西蒙睡得很沉。

◇ 7 ◇

那晚的事情成了他们的秘密，庄园的生活一如既往地向前走。

早上西蒙为小主人倒了杯咖啡放在书房，正要关门离开的时候被叫住了。

"以后不用守在门外了，你进来吧。"安格斯将手中的书翻过一页，好像漫不经心地说。

西蒙惊讶一瞬，随后不知想到什么又笑起来："我怕打扰到你，安格斯先生。"

"不打扰，你不要说话就好，而且我叫你也方便一些。"安格斯将书又翻了一页。

西蒙重新将门关闭，然后走到沙发旁站立等候，清晨的阳光总是温暖缱绻，他看着小主人淡金色的头发，一时有些恍惚，好像两人已经这样度过了很长很长的时光。

等待的时间总是很无聊的，小主人只有在加咖啡的时候才会叫他，一开始西蒙还能靠发呆打发时间，后来实在无事可做，他就开始数小主人的头发。

也许是安格斯发现了他的这种窘境，或者是受不了身后传来的幽怨注视，第二天他就开口让西蒙可以在房间内随意走动，这才让西蒙得以解脱。

其实书房内没什么好看的，除了靠窗的书桌和沙发，剩下的就只有双门的大书柜了，西蒙打开翻了几次，发现全是看不懂的厚重书籍，后来就没什么兴趣了。

有天他意外在小主人的书桌上发现了一本书，它不像那些厚书般全是密密麻麻的文字，而是有很多精美的插图，上面画着解剖过的兔子和青蛙，还有精密的帆船结构模型。

这对西蒙来说像是打开了一个新世界的大门，他抱着那本书翻了一上午，专门挑有插图的页面看，然后想象这页讲述了一个怎样动人的故事。

他看得那么入迷，以至于小主人出现在他身后时他都被吓了一跳。

安格斯弯腰凑过来，然后转头看他："你喜欢看书吗？"

西蒙红了脸，他对自己不识字有些羞耻，还没等他回答，就看见小主人微笑着直起身。

"那我明天教你识字吧，我让卡森去准备些纸墨。"安格斯宣布了自己的决定。

西蒙拒绝的话停留在唇齿间，他看着小主人闪亮的眼睛，又抵不住自己内心隐藏的渴望，他红着脸，轻微地点了下头。

这件事就这么定下来了，第二天西蒙就看见书桌上多了一只羽毛笔，安格斯每天早晨会花上一个小时来教他识字，从最基础的字母开始教起。

西蒙不算是多聪明的学生，但好在他还算年轻，又肯花时间，每晚回到仆人房里还会自己复习，几个星期下来，常用字词倒也掌握了七七八八，能看懂些最简单的书籍。

◆ 日 ◆

记忆中的春天仿佛永远不会过去，西蒙坐在书桌前，生疏地拿着羽毛笔开始写字，小主人就站在他的身后，金发垂在他的耳畔，他一抬头就能透过窗户看到花圃中的鲜花，小主人不满他的分心，拿羽毛笔去搔弄他的脸颊，逗他笑着求饶。

夏天就在这样毫无防备的时候降临了，清晨安格斯没有去书房，反常地去马厩牵了一匹马，他不等卡森安排妥当，谁也没告诉就翻上马背，骑着马跑进了森林。

西蒙在书房等到咖啡变凉也没等到小主人，他有些焦躁地转着咖啡杯，小主人从来不迟到，即使临时有事也会先通知他的，今天怎么一点消息也没有呢，而且小主人最近读书经常走神，眼睛忧郁地盯着书籍，半天也不翻动一页。

这种感觉很糟糕，他对小主人了解得太少了。

西蒙决定起身去找小主人，他在庄园里转了一圈也没看到小主人的身影，倒是遇见了卡森管家。

"卡森管家，你有见到安格斯先生吗？"西蒙有些急切地询问，他已经找了半个庄园，额头上冒出了细密的汗珠。

"安格斯少爷去西边的树林里了。"卡森倒是很冷静，他指挥着仆人清点酒窖中的葡萄酒，"他心情不太好，让他一个人静静吧。"

西蒙刚想问为什么小主人心情不好，就看到卡森管家冷漠地转身，他愣住了，想到了那天卡森管家和小主人的争吵。

西蒙有些沮丧地往回走，走到一半还是有些放心不下小主人，就一个人离开庄园向森林走去。

森林离庄园并不远，西蒙还没走到森林就看见了小主人。

安格斯骑着马在森林外围绕圈，他并没有被愤怒冲昏头脑，知道这个季节孤身进入森林是很危险的行为。

西蒙隔着很远就向小主人招手，他轻快地向前奔跑，嘴里还大喊着安格斯先生，这是一种很奇妙的感觉，好像看见小主人就没了一切烦恼，只要待在他身边就很开心。

安格斯也看见了西蒙，他调转马头，一挥马刺让马奔跑起来。他们迎着彼此缩短距离，他逐渐看清西蒙的脸，他额头冒着汗，亚麻色的头发黏成一撮垂下来，他的脸颊泛起潮红，那是一路奔跑热得，还有他的眼睛，毫不遮掩地透露着高兴。

就在这时候意外发生了，安格斯无法让马停下，他拽着缰绳用力拉，却更加刺激了它，马抬起前蹄嘶鸣，安格斯不慎跌落。

西蒙被吓得脸色惨白，想都没想就往前一扑，将小主人紧紧护在身下。

马蹄踩踏溅起草地里的泥泞，安格斯被溅了一脸，他愣了一瞬，随后反手扶住西蒙颤抖的身体，有些笨拙地拍抚着西蒙的背部。

等两人都冷静下来，安格斯才意识到两人的姿势有些不得体，他往外推了推西蒙："没事了，你先放我起来。"

西蒙脸上还带着心有余悸的惨白，他扶着安格斯站起来："你吓到我了，安格斯先生，真的，真的，以后不要再做这么危险的事情了。"

安格斯没有回答，只是注视着西蒙的脸，然后他从胸前抽出手帕，在西蒙脸上抹了两下后才露出微笑："这样就好看多了。"

西蒙一愣，随后恼怒地看着安格斯："我说真的，安格斯先生。"

"好，我答应你。"安格斯感觉自己恢复了力气，他看了一眼

· 147 ·

身边重新变得温顺的马儿，有些愤怒地拽着缰绳，差一点，这匹马就害了他的性命。

要知道，这年头被马踏死的倒霉贵族可不在少数。

安格斯感觉自己的另一只手被握住了，他回头看，西蒙冲他摇摇头："安格斯先生，今天不要再骑它了，我们走回去吧。"

安格斯瞬间感觉百口莫辩，西蒙以为他还要骑马，可他哪有这么愚蠢，他只是有些愤怒，所以拽拽缰绳发泄情绪。

"我知道的。"安格斯懊恼地点头，他收拾缰绳，牵着马和西蒙一起往庄园走去。

◈ 夕 ◈

他们愉快地聊了一路，这种轻松的氛围一直持续到庄园门前，西蒙看到了一辆陌生的四轮马车，他转头想问安格斯，却发现他的表情变得冷漠。

西蒙拉了拉小主人的衣袖，又觉得有些逾矩，不自觉地退后一步，沉默地站在一旁。

安格斯没有注意到西蒙的小心思，他将马交给一旁的男仆，冷着脸走进了庄园，卡森站在路旁等候他。

"霍尔斯夫人在大厅等你，安格斯少爷。"卡森弯腰说。

安格斯没有说话，径直向前走，走到一半他又回过头来，对着西蒙招手，示意西蒙跟上来。

西蒙看了眼一旁的卡森管家，还是选择跟在了小主人的身后。

今天的大厅布置得格外正式，高级仆人穿着体面的衣服整齐地站在大厅的两旁，一位衣装奢华的夫人正仔细地打量着他们，像是在评价货物。

西蒙走进大厅就看到这样的场面，雍容华贵的夫人抬眼扫了他们一眼，她皱起眉，看向前面的安格斯："你身上脏死了，赶紧去清洗掉。"

"用不着你说。"安格斯的声音像是压着火,没有停留地直接走向二楼。

西蒙从没见过小主人这样生气,他犹豫地看了那位夫人一眼,遇上她的视线后慌忙低下头,跟着小主人去了二楼。

安格斯走进了书房,西蒙跟进去,小心地关上门。

西蒙转身就看见小主人浑身僵硬地站着,像是在压抑着某种情绪,他犹豫地开口:"安格斯先生,让我先为你把脏衣服脱下来吧。"

安格斯依旧沉默,就在西蒙走上前的时候,他猛然抓住书桌上的咖啡杯,然后狠狠地摔在地上,"砰"的一声,咖啡混着破碎的瓷器逐渐蔓延,他喘着粗气站在原地。

咖啡在地板上蜿蜒流淌,如同伤口中汩汩流出的鲜血,这不祥的征兆仿佛预示了接下来的噩梦。

第二天西蒙才从卡森管家那里得知夫人的身份——她是安格斯的母亲。

那小主人怎么会这么生气呢?西蒙不能理解,他继续问卡森管家,卡森管家摇摇头,说:"霍尔斯夫人是有苦衷的。"

卡森管家不愿意再说,西蒙只好打消了探究的念头,毕竟仆人不应当打探主人的隐私。

自从霍尔斯夫人来到庄园,一切都乱套了。

安格斯早上教他识字的时候,霍尔斯夫人闯进了书房,只是简单扫了两眼,就挥手示意让他出去。

安格斯强硬地按住西蒙,指责霍尔斯夫人不应该插手他的生活,霍尔斯夫人则批评他自由散漫,尽做些不合礼数的事情。

西蒙总算搞懂了他们为何生气,他小心挣脱出来,平静地退出书房，关上书房的门后，他靠在墙上，只觉得胸口有些酸涩。

两人的争吵并未因此结束，直到卡森管家介入后才勉强平息，事后卡森管家找过他两次，隐晦地提出让他辞去贴身男仆的职务。

西蒙瞬间红了眼，他不明白自己为什么会被辞退，卡森管家暗示说这是夫人的意思，他没有办法，只好强忍住眼泪去收拾自己的行李。

行李收拾到一半，房门被人用力推开，安格斯喘着气出现在他面前，他赶过来的时候可能很急，漂亮的金发都有些凌乱。

安格斯拉住他，承诺绝对不会让他走。

西蒙的眼泪终于忍不住了，他想知道霍尔斯夫人和小主人为什么关系这么差。

安格斯沉默着说不出话，他无法对西蒙说出自己最阴暗耻辱的回忆，那些经历像是钝刀一般在每晚的梦魇中折磨他，而这一切都是那个卑劣且爱慕虚荣的女人导致的，她从不爱自己的儿子。

最终西蒙没有离开庄园，依旧是安格斯的贴身男仆。

只是霍尔斯夫人看他更不顺眼了，安格斯不在的时候，就变着法子羞辱为难他。

西蒙没有将这些事告诉小主人，他不想安格斯母子两人再因为这种事情争吵。

可两人间的气氛依旧低到冰点，安格斯几乎将霍尔斯夫人视为空气，而霍尔斯夫人的态度也很奇怪，有时候像是想要讨好安格斯，有时却又愤恨地咒骂他。

这种矛盾最终在一个雨夜彻底爆发出来，他们之间发生了极其激烈的争吵，即使隔着卧室也能听到霍尔斯夫人歇斯底里的嘶吼和隐约的哭声。

仆人们都被卡森管家赶了出去，他看到西蒙的时候犹豫了一下，还是没让他离开。

西蒙在房间内坐立难安，他为小主人感到难过，对最初霍尔斯夫人雍容华贵的印象褪去，她逐渐变成了一个尖酸刻薄的女人，小主人怎么会有这样的母亲呢？

他离开了房间，还没靠近卧室，就听见了霍尔斯夫人抽噎的哭声，他犹豫了一下，还是选择靠在了门上，隐约听到了几个单词。

"讨好""继承权""放弃"。

西蒙想听得更清楚些，他搞不懂这些单词的含义，可随后瓷器破碎的声音打断了争吵，剩下的就只有不断的哭声了。

安格斯打开卧室门的时候已经是深夜了，他的身影有些摇晃，眼尾也因情绪激动而泛红。

西蒙看到小主人的模样后愣住了，记忆中的小主人永远都冷静端庄，他从未见过这样的小主人。

他这才意识到，小主人也只是一个少年，他也会有伤心的时候，也会有承担不住的压力。

西蒙冲上去扶住小主人，安格斯没有挣扎，难得流露出几分脆弱的姿态。

"不准离开我。"他听见小主人这样说。

他怎么会离开呢，西蒙不假思索地做出了保证。

安格斯喟叹一声，一切尘埃落定，他终于可以好好睡一觉了。

第二天庄园内又流传出漫天的谣言，这是西蒙用餐的时候听到的，仆人们又聚在一起讨论，说是老爷要过来了。

老爷自然是指安格斯的父亲，也是庄园真正的主人。

仆人们对老爷过来的原因展开了更为细致的讨论，有的说他是要过来让小主人继承庄园的，这并非凭空捏造，因为小主人马上就要成年了，按照《继承法》的规定，他需要被分配自己的财产了。

可马上又被其他仆人反驳说："如果小主人要继承庄园，那又怎么会这么失落呢,我看是要把小主人赶出去了。"

这引来了其他仆人奚落的笑声,大部分仆人对小主人并没有好感。

西蒙却听不下去了,他将勺子扔在了瓷盘上,清脆的声响让其他仆人扭过头来看,他们止住了声,又嘀咕着去其他地方闲聊了。

西蒙没了追究的心思,沮丧地趴在餐桌上,因为他们说对了,小主人这些天很失落。

安格斯像是失去了生气般,漂亮的蓝色眼眸都变得黯淡,金发也失去了光泽。

他成日坐在书房的桌子前,有时会翻着书籍看,有时又对着窗外发呆。

西蒙看见小主人的时候眼睛发酸,小主人瘦了,原本贴身的衣服现在都显得有些宽松。

他安静地陪在小主人的身边,小主人看书他就给他端咖啡,小主人看窗外的时候他就陪他一起看,他费尽心思想让小主人开心些。

西蒙去花圃中剪了些玫瑰,在请教花匠后笨拙地将它们插在花瓶内,然后趁小主人不注意时摆放在书桌上,悄悄遮住自己被扎出血点的手。

安格斯抬眼看到了玫瑰,他的眼睛亮了一瞬,又不知道想起什么黯淡了下来,恹恹地说了句"谢谢"。

西蒙有些手足无措,情绪变得低落。

晚上他收拾大厅的时候发现蝴蝶死了,就是那只被小主人扯掉一半翅膀的蝴蝶,他捡回来放在大厅养了一个多月,可它还是死了。

蝴蝶僵硬地躺在泥土里,几只足对着天,仅剩的翅膀半埋在泥土中，它死前应该挣扎过，可它还是死了，静悄悄地死去了。

西蒙眼皮莫名一跳，他颤抖着扭过头，不敢再去看蝴蝶的尸体，不祥的预感几乎要将他摧毁，他不敢再去想。

第二天，管家正式收到了通知，老爷要来庄园了，带着他的长子，日期是三天后，也就是小主人成年的那天。

庄园内像是被投入了一颗炸弹，所有人都在议论着这件事，西蒙却没了心情，他去了书房，打开门看见小主人还坐在那里。

黄昏将至，落日的余晖吝啬地照在书桌的一角，安格斯安静地靠在椅子上，他侧过头，金发低垂，露出天使般的侧脸。

天使的脸有些苍白，唇也失了几分血色，他的睫毛细长浓密，此刻他闭上眼，没了深邃的眼神，显得有些乖巧脆弱。

西蒙想到了小主人教他识字的时候，清晨的阳光热烈地洒满书房，他坐在书桌前，小主人站在他的身后，书桌上摆放着一本童话书，上面的故事是《睡美人》。

公主中了恶毒的诅咒陷入了沉睡，她躺在荆棘与玫瑰编制的床上，等待着被拯救。

安格斯睫毛眨动，睁开眼睛，发现了站在门口的西蒙，他没有说话。

西蒙也没有说话，很自然地走到小主人身边站着，一如往常数个日夜。

他们沉默地观看了一场日落，当最后一缕阳光坠下，黑暗铺天盖地席卷世界的时候——

"我以后不是你的小主人了。"西蒙听见安格斯这样说。

"不，你是。"西蒙说。

"我以后不是贵族了。"安格斯又说。

"不，你是。"西蒙执拗地重复一遍。

安格斯笑出了声,良久的无言后,他听见西蒙说。

"你一直都是天使。"

安格斯这次没有笑,也没有反驳,他只是闭上眼睛,喟叹一声:"我累了,明天见,西蒙先生。"

西蒙转身离开了书房。

安格斯又躺了一会,然后坐起来打开了书桌右侧的一封信,信上的玫瑰火漆已经被揭落,他打开看过一遍了,只不过又抗拒地塞了回去,想欺骗自己从未看过。

安格斯拿起羽毛笔,他甚至没有想到自己会这么平静,他在信纸的末端签上了自己的姓名,这代表这份契约正式具有了法律效益。

他将信纸塞回信封,然后用右手轻弹一下,有种说不出的畅意快感。

至少"父亲"没有做得太绝,安格斯接受了他赠予的1000英镑,这下子也不用担心离开庄园后会雇不起他的贴身男仆了。

他不用再去想卡森的苛刻要求,他成不了他口中的贵族,也不用再去思考霍尔斯夫人最后的卑微祈求,他自认已经偿清了她的生育之恩。

他自由了。

也许以后他真能试着当当天使。

安格斯想到了西蒙的模样,笑了笑。

◈ 10 ◈

今天是老爷到来的日子。

一大早卡森管家就组织仆人列队,仆人整齐地站成一排,最前面是霍尔斯夫人和安格斯少爷,卡森管家和赛瑟琳站在一旁,整个迎接仪式显得格外庄重。

不久，一辆黑色的四轮马车停在了庄园前。

两个男仆先下了车，一位男仆去拿行李，另一位男仆拉开车门。

一位穿着黑色披风的中年男人走下马车，他戴着金色的假发，有着修饰得很漂亮的小胡子。

霍尔斯夫人露出微笑，端着姿态迎了上去，她温柔地挽着霍斯顿伯爵的臂弯，然后亲切地向马车内打招呼，另一位身材高大的青年走下马车。

乔翰昂首扫视一圈，目光落在安格斯身上，他眯起眼睛，径直走过去拍着安格斯的肩膀，他们交谈了两句，然后他露出满意的微笑。

一行人在仆从的簇拥下离去，一路上欢声笑语，主人和客人都显得很高兴。

西蒙留在下面负责指挥两个男仆搬运伯爵的行李，他看着离去的两人，无意识地攥紧拳头，指甲嵌入掌心，很深，很深。

卡森管家为这次接待采取了最高礼仪规格，长长的餐桌上整齐地摆放着精致的银质器皿，刀叉相隔的距离仿佛用尺子测量过一般精准，金色烛台上插满了点燃的白色蜡烛，醒酒器内盛放着醉人的葡萄酒，丝绸制作的餐布垫在银盘下。

几位高级仆人穿着体面地立在两旁，随时等待着吩咐，霍斯顿伯爵坐在主位，乔翰和安格斯分别坐在两旁，安格斯边上是面带微笑的霍尔斯夫人。

霍尔斯夫人说着些俏皮话逗得伯爵笑出了声，她表面笑靥如花，却在桌底下用鞋去踢安格斯的小腿，气得咬牙切齿，一直等着安格斯去讨好霍斯顿伯爵，然后才好方便引出接下来的话题。

可安格斯今天却像是哑巴一般，冷漠地坐在椅子上，头低垂着，小腿被踢得发青也不吐出一个字来。

乔翰则百无聊赖地玩弄着刀叉，他笑着欣赏餐桌上这出暗流涌动的戏剧。

无论怎么说，他是今天的获胜者，拥有欣赏败者狼狈姿态的权力。

仆人们身姿优雅地端上餐盘，乔翰注意到了其中的一个高级男仆，他的头发是褐色的，有着一双很漂亮的眼睛，身材高大，窄腰长腿，是一位英俊的男仆。

乔翰冲那位男仆招招手，示意让他过来，他想着接手这位男仆，需要时可以把他作为礼物，上了年纪的夫人最喜欢这种类型了。

乔翰注意到他的便宜弟弟抬起头，目光看向这位男仆，他有点想吹个口哨，还以为今天看不到这个便宜弟弟抬头了呢。

西蒙摸到了衣袖中的冷冰器具，他的手还有些颤抖，心却莫名冷静下来，算着步数向那名高大青年走去，他有些害怕了，他想向上帝忏悔他的罪行，可他并不后悔。

他经过小主人身边的时候，安格斯突然紧紧抓住他的小臂，那只手如同铁钳般让他动弹不得，甚至让他感到疼痛。

西蒙吃痛地叫出了声，他嘴唇颤抖地喊出小主人的名字："安格斯先生。"

安格斯阴鸷地看了他一眼，然后扭头看向乔翰，冷冷地说："我的。"

乔翰茫然地看着他，一副没搞懂发生了什么的模样，他又重申了一遍："这是我的男仆。"

西蒙摸到了右手袖口中的冰冷金属，微颤的心一下子冷静下来，他急切地想要挣脱小主人的手："安格斯先生，请放开我。"

安格斯不可置信地看向西蒙，随后内心的怒火几乎要将他燃烧殆尽。

他想问西蒙以前说过不会离开他都是谎言吗,自己还没被赶出庄园,他就迫不及待地去讨好他哥哥了。

骗子,他几乎咬牙切齿地念着这两个字,然后将人狠狠地拉向他。

还没等众人惊讶,一声清脆的金属碰撞声吸引了所有人的目光。

一把锋利的泛着寒光的餐刀掉在地上。

◈ 11 ◈

安格斯意图谋杀伯爵长子的事让所有人都觉得震惊,伯爵大人怒不可遏,当场将安格斯和他的帮凶男仆关到了一楼的客房。

乔翰受到了惊吓,饭是吃不下去了,他径直走向二楼的书房。

霍尔斯夫人流着泪靠在霍斯顿伯爵的肩膀上,她拼命解释着这不是她的意思,她什么都不知情。

霍斯顿伯爵没有说话,却也没有将霍尔斯夫人一脚踢开,只是冷着脸吃着桌上的食物。

如同一场可笑的戏剧,卡森管家叹了口气,转身离开了主厅。

西蒙尽力将自己蜷缩在房间的角落,弱弱地说了句"对不起",也不知道床上的小主人听没听到。

他恐惧地流下眼泪,将脸埋进膝盖,他觉得自己将一切都搞砸了,不仅没有帮到小主人,还让他成了想要谋杀乔翰的凶手。

他拼命解释这都是他自己的行为,与小主人没有关系,却没有任何人相信。

安格斯注视着天花板发呆,很奇怪,事情发展到现在的地步,他居然没有感觉到什么负面情绪,反倒有些想笑。

他听到了西蒙那句"对不起",于是他笑出了声。

"对不起什么，我又没有指责你。"

安格斯懒洋洋地开口，他抬起手臂张开手掌，然后仔细观察着自己的手指："而且我也想给他个教训，只不过后面又放弃了。"

西蒙又往角落缩了缩，抽噎着问："为……为什么，他死了，你不就是伯爵了吗？"

安格斯嗤笑一声，他没有回答反而问道："你不是想让我当天使吗，怎么还想帮我杀人，你真是个虚伪恶毒的家伙。"

"不一样的。"西蒙没有反驳，只是抱紧了自己，他想自己很快就要被送上绞刑架了，但他并不后悔自己的行为，只是愧疚连累了小主人。

"小主人一直都是天使，但我想让小主人开心，那只失去翅膀的蝴蝶死了，我怕你也会死。"

西蒙认清了现实，反倒平静下来，直白地说出自己的想法，反正以后可能没机会说了，他沮丧地想。

安格斯不说话了，虽然西蒙的逻辑很可笑，但他却笑不出来，失去翅膀的蝴蝶会死，西蒙以为自己失去了贵族的身份也会选择死亡，而他不想让自己死，于是就准备去杀乔翰。

仿若是天平的两端，一端只有他的贵族身份，另一端却摆放着西蒙的整个世界，谁都知道该如何做出选择，而西蒙一想到他会死，就惶恐地将仅有的砝码全部给了他。

天平一端砰然坠地，西蒙想要拯救他。

真是不知道该说什么好。

安格斯垂下手挡着眼睛，将湿润都遮盖在黑暗之下。

这份情谊是如此的炽热，如同一团燃烧着的火球，这让他感到有些畏惧，甚至不敢去伸手触碰，他害怕火球会熄灭，也害怕火球灼烧他的手。

但他更害怕这是一场梦境，而他从未拥有过它。

"你不会离开我的，对吧。"安格斯用的是肯定句，却还是忍不住又一遍确认。

"嗯，我不会离开小主人的。"西蒙奇怪他问这样的问题，却还是不假思索地给他回复。

于是安格斯就相信了。

他伸手将火球捧在了手心，然后将它放在了胸口，双手合十，就像那天西蒙教他做的一样。

房门"吱"的一声被推开，卡森走了进来，神色复杂地看着安格斯："安格斯少爷，我带你逃出去吧。"

安格斯翻身坐起，他冷冷地注视着卡森，似笑非笑："是你自己来的，还是父亲让你来的。"

卡森沉默了，他的喉结紧张地滚动，连带着苍老的颈纹也一起颤抖，他做了个吞咽的动作，脸色重新变得平静。

"是伯爵大人的意思，他在庄园外备好了马车，并且准备好了足够的英镑，他希望你能离开这里，永远不要再回来。"

安格斯露出微笑，他站起来整理衬衣："我就知道，他是不会允许这样的丑闻传到贵族圈中的，我还以为他会直接杀掉我们呢，没想到他还算仁慈。"

卡森还是忍不住开口："安格斯少爷，伯爵大人他……还是爱你的，他知道今天的事不是你干的，但他需要给乔翰少爷一个交代。"

"那都已经不重要了。"安格斯耸耸肩，像是突然想到什么，他转身对角落里的西蒙伸出了手。

"你跟我一起走。"

安格斯知道他是不会拒绝的。

西蒙呆呆地看着安格斯，他还没从逃过一劫的喜悦中回过神

· 159 ·

来，就看到小主人微笑着对他伸出手，就像天使一样。

是的，小主人一直都是天使。

西蒙记忆中的天使，头发如蜜般金黄，皮肤如奶般白皙，他有着一双蓝色的眼眸，还有细长浓密的睫毛。

他喜欢在书房看书，喜欢躺在沙发上，茶几上永远摆着一杯咖啡，袅袅的热气蒸腾，而他就站在天使的边上，安静地看着他翻动书页。

西蒙知道，这次他会永远陪在小主人的身边。

完

The Rose Garden

骄傲叛逆 摄影师 ▶▶▶
VS
◀◀◀ 爽朗活泼 小明星

THE
ONLY
ONE

HAO YOU

\# 治愈日常 / 灵魂共鸣

"好像他们早就认识似的,
连开玩笑都是正中彼此笑点的那种。"

秘密

文 ▶ 植物课

秘密

文/植物课

奶茶催化灵感型选手，有点无聊的一个人。

1

邵昱扬重回母校不是意外。

他刚拍完一部电视剧，好不容易争取了半个月假期，恰好妹妹考入他的母校，非要他抽时间过来看看。当哥哥的总不会拒绝这点小要求，于是他飞回容市来了次计划外的故地重游。

秋天是传媒学院最美的时候，校道上的落叶都被校工扫到树下，风一吹会沙沙作响。邵昱扬穿过大门沿着路往前走，感觉一切都还和他毕业前没什么两样。

他给妹妹发了消息，然后抬眼去看广场上热火朝天的招新摊位，心想，这地方其实也不太适合他到处溜达，虽然可能性不大，但万一被人认出来，他就又要被经纪人念叨了。

想法是好的，可惜他醒悟得晚了点，没走两步就被两个学生拦了下来。

"同学你好！有兴趣了解一下我们摄影社吗？"笑容灿烂的女生递给他一张传单，热情道，"最近有学长在筹拍毕业作品，找了很久也没找到合适的主演,我觉得你就很合适——"

邵昱扬:……

他又把口罩往上扯了扯,随后意识到对方没有认出自己是谁,暗自松了一口气后笑了笑:"抱歉,我可能不太方便……"

"没关系,了解一下嘛!我们学长很有能力的!"

邵昱扬对自来熟最没办法,又怕被人认出来,正硬着头皮想拒绝的说辞,就有天降英雄来拯救他了。

英雄是个脖子上挂着相机的男生,个子很高,目测得有一米九,皮肤被晒成健康的小麦色,一看就是户外运动爱好者。他从摄影社的摊位上走过来,先朝邵昱扬笑了笑,然后才对那执着的小学妹说:"小瑶,罗老师找你,你过去一趟吧。"

"哦哦,好的。"女生忙不迭地点头,又邀功般道,"学长,我给你找到一个很合适的男主角!"

"行了,你先去吧,这边有我。"

学长笑着把她和同伴都打发走了,然后才回头向邵昱扬道歉:"不好意思,他们可能有点冒犯你了,但没什么坏心思,请别介意。"

邵昱扬和他对视,发现他有一双很特别的浅色眼睛,光论相貌他只能算普通英俊,不过气质很出挑,自带野生魅力,颇具感染力的笑容让人难以心生恶感。饶是已经在圈内待了两年多,自认眼界比从前在学校里开阔不少的邵昱扬,也很少遇见这样类型的男生。

好像他不应该待在大学校园里当什么摄影社的成员,把场景换成广袤无垠的非洲大草原可能会更合适些。

邵昱扬及时拉回了自己跑偏的思路,礼貌地朝他笑笑:"没事,谢谢你替我解围。"

对方和他对视两秒,眼里笑意更浓。

"没什么,我也是别有所图。"他说。

165

邵昱扬愣了愣："嗯？"

"我是你的影迷，刚才一看到你就认出来了。"男生刻意压低了声音，免得被路过的其他学生听见，"虽然有点唐突……不过能请你给我签个名吗？"

签名不是什么难事，何况对方刚为他解了围，邵昱扬欣然应允，然后拜托对方为他的行程保密。

"经纪人不知道我回校，被发现了可能有点难向他交代。"他调整了一下口罩的位置，笑眼弯弯，"拜托你啦，学弟。"

那之后邵昱扬顺利和妹妹汇合，如约带她逛了半天校园，晚上在校外一家他从前常去的小饭馆吃了饭。饭后他等司机来接时面前呼啦啦走过一群学生，里头有个莫名熟悉的声音引起了他的注意。

"你们不知道，白天那个男生长得——戴着口罩我都觉得他肯定是大帅哥。"

"得亏人家还戴着口罩，不然你岂不是要上去要联系方式了？"旁边的人打趣道。

"不是，"女生还在争辩，"要不是学长过来插嘴，我肯定要说服他跟我们合作的，命运般的男主角啊，就这么放走了！"

她嗓门有点大，邵昱扬仔细地看了一眼，确实就是白天拦下他的那个女孩子。

"他不是说了不方便吗。"另一个耳熟的声音道，"好了，别再提这件事了，请你喝奶茶……"

声音的主人对上邵昱扬的视线后怔了怔，好在他及时回过神来，补充道："就对街那家吧，你去点单，等下我报销。"

"那我去啦，谢谢学长！"

女生如快乐的小鸟般飞奔向奶茶店，其他人也陆续跟着过去，最后只剩他一个人站在原地，隔着不算宽阔的街道朝邵昱扬挥挥手，也走了。

这粉丝还挺有意思。邵昱扬忍不住想，比他还酷是怎么回事儿？

2

这事只是个无关紧要的小插曲，很快就被邵昱扬抛之脑后。

从母校回来后邵昱扬跑到山上待了好几天，苦心钻研演技而不得，总觉得缺了点什么。他被一个电话召唤回去时还有点茫然："不是下周二才有通告吗？"

经纪人拿着卷起来的采访稿敲他脑袋："明天有个封面要拍，上周五我就跟你说了！"

"哦，你打电话的时候我在看微博呢，没太认真听。"邵昱扬老老实实地承认错误，却没完全说实话，"下次不会了。"

他在偷偷准备一个摄影记者角色的试镜，花了很多心思，最近一直端着相机到处跑。他拍人拍鸟拍风景，学习各种摄影技巧，很努力地想融入角色，这才疏于搭理经纪人和她指派的助理，以至于差点忘了还有拍摄工作。

见他一副没回神的模样，经纪人还是不放心，耳提面命道："晚上早点睡，这可是我好不容易才谈下来的封面，别给我丢人。"

邵昱扬满口应下，第二天怀揣现场学习的心态去了摄影棚，结果一进门就听见大摄影师在骂人："开玩笑吗，两周前就定好的拍摄时间，现在跟我说来不了？那你让他以后都别来了，我不会再跟这种没信用的化妆师合作。"

邵昱扬在门口迟疑了两秒，对方一抬头看见了他，脸色稍霁，勉强收起了自己的怒气，朝他点点头。

邵昱扬这才过去问好："顾老师早上好，我晚到了一会儿，实在不好意思。"

　　其实距离约好的时间还有二十分钟，大摄影师再生气也不至于对他发火，只解释了一下现在的情况——约好的化妆师临时爽约，他已经让助理去联系别的团队借人，估计拍摄得等一阵才能开始。

　　邵昱扬虽是新人，但最近风头正盛，背靠大公司，拿了不少好资源，否则银十的封面也轮不到他来拍。这样一个当红明星却和传闻中一样没什么架子，听完解释后他只是笑笑，自己找张椅子就在场边空地上坐了下来。

　　"没事儿，我今天都空出来了，可以配合。"他好脾气地笑着说，"正好我也观摩学习一下，万一以后用得上呢？"

　　横竖暂时是没法开拍了，邵昱扬先去换好衣服，然后从外套口袋里摸出笔和巴掌大的一个小笔记本，待在场边认认真真地观摩学习。

　　大摄影师没有留下给他当讲解员，见邵昱扬不介意就继续去收拾烂摊子了，整个团队在有条不紊地推进解决方案，他却显得有点焦躁，一直在和身边的助手低声讨论着什么。直到门外进来另一个助手模样的高个子男生在他耳边说了几句，他打结的眉头才舒展开来，朝对方点了点头。

　　邵昱扬觉得有意思，一直有意无意地往那边瞧，恰好这时男生也回过头来，对上那双有些熟悉的浅色眼睛后他才想起这是谁。

　　真巧，是上次那个替他解围的摄影社学弟。

　　视线相接后学弟朝他笑了笑，又扭头跟顾越秋说了句什么，对方挥手放人，他得了首肯，便朝邵昱扬的方向走过来。

　　邵昱扬也不躲，坐在那儿仰头看他，笑眯眯地打招呼："你好啊，学弟。"

　　他还不知道对方的名字，横竖是校友，这么叫着也不显得生疏。男生挑了挑眉，意识到他这么叫自己的原因，自我介绍道："学长，我叫陈燃。"

"哪个 ran？"邵昱扬仰着头问。

"燃烧的燃。"

邵昱扬点点头："挺适合你的名字。"

陈燃今天穿了件暗红色的工装外套，很惹眼，帅得像个模特而不是摄影师。邵昱扬猜到原因，也没问对方为什么会在这里，不过陈燃还是解释了一下："我现在是顾老师的助手，今天恰好跟过来实习，正好是拍你，好巧。"

是挺巧的，邵昱扬无奈地想，听说这位大摄影师最讨厌拍摄时出意外，今天还就让他给碰上了。

他心里觉得自己倒霉，嘴上却还在笑着，不着痕迹地恭维陈燃一句："能给顾老师当助手，可见你也不是普通学生嘛，他可不是什么人都要的。"

"临时助手，实习期一过老师可能就不想要我了。"陈燃说着，伸手从他头顶摘下一根不知什么时候沾上的羽毛，"不过确实学到很多，顾老师拍人像很有一套。"

正聊着，有人过来通知邵昱扬可以去做造型了。他说了声好，站起身来朝陈燃摆摆手，客气道："辛苦了，那我先过去。"

对邵昱扬而言这只是一份轻松的平面拍摄工作，可对摄影团队来说并非如此，好几个小时忙下来，他躺着被拍都累了，摄影师还和几个助手聚在一起小声讨论着什么。

陈燃抽了个空给他拿来一瓶矿泉水，说："可能有点累，委屈你再坚持一下。"

"没什么，感觉你们比我累。"邵昱扬伸了个懒腰，好奇道，"是不是我的表现不太好？看顾老师一直在皱眉头。"

陈燃笑着摇头,邵昱扬更疑惑了:"那他怎么一直板着个脸?"

"他就这样,每次拍摄都很严格,专业模特也要被吹毛求疵的。"陈燃解释道,"你表现得不错,至少他没发火。"

邵昱扬很聪明,他没有专业模特的硬照表现力,但很懂得运用自己的优势——出色的外表和演技。可以看出他已经把短短的拍摄剧本吃得很透了,光影运用也很熟练,每张抓拍里的情绪都表现得恰到好处,余下的不足完全可以靠掌镜的顾越秋用技术来弥补。

陈燃跟了拍摄的全程,觉得他其实是一个很灵动的人,在镜头前有自己的魅力,并不像公司给他造势宣传的那样,只是个空有温柔美貌和演技的无趣男二号。

像一幅动起来的画,偏离纸上既定的线条,别有一番生气。

拍摄行程过半,马上就要转场去拍外景,陈燃作为助手没法久留,跟他说了一声就要离开,却被邵昱扬叫住。

"方便的话,留个联系方式?"邵昱扬笑眯眯地朝他晃晃手机,也不知刚才偷偷藏在了哪里,"有些事想请你帮忙。"

邵昱扬向来很有职业操守,这是他第一次私下和粉丝交换联系方式,但却没觉得有哪里不对,因为陈燃实在不像个粉丝,他们之间意外地有很多话题可聊。

他们年龄相仿,在同一个学校就读,而且昨天刚有了工作上的交集,聊起来才发现他俩比想象中更投缘。从共同认识的老师到昨天拍摄的成果,两人漫无边际地聊了一阵,他只在陈燃说要去收拾行李时随意问了一句"接下来是继续实习还是回校上课",对方就给出了他想要的答案。

Combustor:"学校没课了,我最近都在外面准备拍摄。"

扬:"是之前说的那个短片吗?"

Combustor："不，那个因为没找到合适的演员暂时搁置了，这次是帮朋友，上山拍候鸟。"

邵昱扬挑了挑眉，这不就来了？

扬："说到这个，昨天我不是说有件事想请你帮个忙吗。"

Combustor："嗯？"

"其实是这样的，"邵昱扬斟酌着打字，感觉选择打字而不是语音会显得正式且认真一些，打完还回头看了两遍才发出去，"我在为一个和摄影记者相关的角色做准备，所以如果最近你方便的话，可以偶尔帮忙解惑吗？"

那边没有立刻回复，他又补充道："我对摄影了解得很粗浅，所以有些问题可能比较小儿科，我会在查不到答案的情况下再问的。"

陈燃没让他等太久，很快回复道："当然可以，不过我有个疑问。"

扬："你问。"

Combustor："为什么要找我？"

扬："这个嘛……"

邵昱扬有点犹豫，他本来可以随口撒个谎，毕竟说实话对他来说有风险，但不知为什么，最终他决定对陈燃说实话。

"我很喜欢那个角色，打算利用假期认真准备试镜，但不想让经纪人发现。"

经纪人给他规划的路线很明确，这个角色并不符合她的要求，是他自己看了剧本后觉得很心动，想要试试看。她最讨厌不听话的艺人，这是邵昱扬两年来第一次搞暗箱操作，所以做功课也得瞒着她，找一些不会被发现的人帮忙。

从天而降的陈燃满足他的所有条件，首先他懂摄影，顾大摄影师不会招没用的大学生做助手；其次他自称是邵昱扬的粉丝，

171

愿意帮忙的可能性不小；最重要的是，经纪人不认识他。

其实他已经演了很久的"自己"，大可不必对陈燃这么坦诚，对方也不像是会深究的模样，但说出实情以后，邵昱扬感觉自己轻松多了。

骗人养成习惯后总有一点抹不掉的负罪感，他心里有些忐忑，好在陈燃没有让他难堪，很爽快地同意了。

Combustor："我明天就要上山，信号可能不太好，有问题你直接问，我都会回复的。"

邵昱扬有点好奇："你要去哪里拍候鸟？很远吗？"

Combustor："长陵的孤霞山，倒是不远，不过在镇上，地方比较偏。"

邵昱扬就是长陵人，孤霞山离他乡下的老家不远，大约两小时车程，位置确实有点偏。他用手机查了查，发现这地方因为不是什么旅游景点，所以被保护得比较好，连索道都没通，进山只能半程开车半程靠腿。

环境天然，远离城市，信号还不太好。

邵昱扬突然醒悟，这不是他躲着经纪人偷偷做功课的好去处吗？

次日清晨六点，邵昱扬背着个双肩包上了陈燃的车。

和回校那天一样，他穿得低调又简单，上车后捧着咖啡打了个大大的呵欠，看起来和在校学生没什么两样。

"多买了一杯，谢谢你让我蹭车。"他看起来困得要命，把另一杯咖啡放在杯托上给陈燃，系上安全带后才清醒了点，"不知道你爱喝什么，就买了和我一样的。"

陈燃戴着鸭舌帽，遮住了那双显眼的浅色眼睛，露出的下半

172

张脸轮廓深刻，反倒显得比邵昱扬还成熟几分。他先伸手过来设好导航目的地，然后才拿走咖啡喝了一口，半开玩笑道："偶像买的，毒药也喝啊。"

嘴上这么说，但他看起来完全没把邵昱扬当作偶像，甚至仿佛连初次见面时那句"我是你的影迷"都忘了，态度自然，和对普通的同龄朋友没什么两样，轻而易举地抹消了两人之间那点隔阂。

邵昱扬昨晚临时定下今天的出行计划，光是编借口蒙骗经纪人就花了一个小时，那之后他匆匆收拾好行李就囫囵睡下，总共也没睡几个小时。车内空间很宽敞，他在副驾上吃完早餐又开始犯困，见陈燃开车很认真，也不去没话找话，打了个呵欠，问他："介意我睡一会儿吗？路有点远，等你开累了再找个服务区换我开。"

"大明星，不怕我把你载走卖了？"陈燃问。

"你的学生证我都看过了，不怕。"邵昱扬自顾自地调整好椅背和颈枕，拉下自己带来的眼罩，"睡了，待会儿叫我起来。"

说来挺好笑，前一天夜里他得知陈燃打算独自进山后主动提出要同行，对方也没拒绝，片刻后甚至还发来一张照片。

照片拍的是陈燃的学生证，上面的证件照大约是高考那年拍的，他看起来比现在青涩些，一头毛刺刺的短发，眉毛上挑，面无表情，看起来很有攻击性。

邵昱扬欣赏了两分钟，然后问他为什么发这照片，结果陈燃说押个证件，免得自己被当成可疑人物，害他笑个不停。

好有意思的家伙。

好像他们早就认识似的，连开玩笑都是正中彼此笑点的那种。

陈燃没有如约叫醒他，邵昱扬一觉醒来，他们已经到了孤霞山的停车场。

173

山上环境没那么好,不是那种开发过的旅游景点,村子里只有一个像样的旅馆,房间倒是不小,不过里面东西不多,连洗漱用品都要到前台去领。邵昱扬去的时候前台坐着个慈眉善目的阿姨,见他穿得单薄还好心提醒:"夜里风大,多拿两床被子去啊。"

他笑着道谢,阿姨又盯着他的脸看了两秒,突然问:"小伙子,你是不是那个……演电视的?"

"没有没有,您认错人啦。"邵昱扬说,"我就是跟着朋友来看候鸟的。"

他借口朋友还在等,抱着被子跑了,回到房间时陈燃已经整理好行李,正在床边找插座给电脑充电。邵昱扬把被子分给他一床,忍不住道:"差点被认出来。"

陈燃扭头看他,他解释道:"前台阿姨好像看过我演的电视剧。"

说着邵昱扬自己都忍不住笑起来。

"不奇怪,"陈燃也跟着笑,"我家的长辈也喜欢你,那个穿越回过去拯救初恋女友的电视剧她看了好多次。"

他说的那部剧是邵昱扬的黑历史,刚出道那会儿他没有选剧本的资格,演技又生涩,演完这么一部剧情比较俗套的偶像剧后几乎要对职业前景产生怀疑,播的时候他完全不敢关注观众的反响。可这部剧居然一炮而红,收视率高得莫名其妙,年末他还因此拿了个新人奖。

邵昱扬至今都没敢看那部剧,哪怕那之后自己已经演过不少好戏,演技也远比那时精湛了,但面对它还是需要勇气。

他无奈地和陈燃对视:"你该不会也看过吧?我演得可太烂了。"

"当然。"陈燃说着,又在他好像天要塌下来的表情里笑着补充道,"正因为看过那部剧,所以之后在《消失的哨子》里再看

174

你的表演时才觉得惊喜。"

他笑起来自带感染力，老实说，这让邵昱扬很难对他生气。

《消失的哨子》是邵昱扬真正的入门作，一部悬疑题材的低成本电影，导演是个新人，因为没有多余的预算只能用他这样的新人来出演主角。邵昱扬很喜欢那个剧本，也很珍惜来之不易的转型机会，埋头钻研一个多月才进组，最后在老前辈的提点下交出一份不错的答卷。

也是因为这部戏，他才坚定了自己要在演员这条路上走下去的信念，所以陈燃提起它时，邵昱扬其实是很高兴的。

"毕竟不是天才，有个进步的过程很正常。"陈燃说，"所以别在意，所谓的黑历史不正好是你成功的见证吗？"

邵昱扬抿抿唇，把浮上来的笑意又摁了回去。他隐约感觉自己有点原形毕露的趋势，但眼下经纪人不在，没人管他，陈燃看起来嘴巴很严实，他放肆点好像也没什么。

晚饭时外面下起淅淅沥沥的小雨，邵昱扬没找到陈燃，去问前台那个差点认出自己的阿姨，才知道他借了雨衣独自出门了。他搬个小板凳坐在旅馆门口等人，等了一会儿见雨停了，又跑回房间去取相机下来拍照。

不多时陈燃沿着小路回来，恰好看见他举着相机在拍火烧云，神态很专注，眼睛亮得像藏了夕阳落下时出现的第一颗星星。

邵昱扬朝他露出一个大大的笑容，然后问了句废话："你回来了？"

"嗯。"

"阿姨说你冒雨出门了，有什么事这么急？"

"去找林场管理员，"陈燃把雨衣挂在门边的墙上，解释道，"这边是自然保护区，山里偶尔会有偷猎者。虽然我们有拍摄许可证，但还是得跟他们打个招呼再进去，免得被当成可疑人士。"

"哦……"邵昱扬恍然地点头。

"明天早上我就进山，"陈燃又说，"你要跟我一起去吗？可能会比较辛苦，留在这附近自己走走会好一些。"

邵昱扬踌躇道："我想想。"

"不去也好，"大约是怕给他压力，陈燃故意道，"山里不比外面，你跟过去我不一定能把你照顾好。"

"都是有手有脚的成年人，为什么要你照顾啊？"邵昱扬有点不服气。

其实他早就被城市和工作养成贪图便利的懒人，几乎是本能地向往舒适的选项，可如果仅仅在旅馆周边逗留，他就只能看到一些乡村风景，来这里也没有意义了。

他想了又想，最终还是告诉陈燃要一起去，然后在这个夜晚给自己的三块备用电池和两个充电宝都充满了电。

应该足够应付了吧？被都市生活惯坏的小废人邵昱扬如是想到。

4

进山的路比邵昱扬想象中好走，此行某种意义上像是郊游，陈燃带着他在林间不明显的小路上行走，偶尔需要避开地面凸起的树根和碍事的枝干，但总体来说都还在他能应付的范围内。

他们进山后找了地方扎营，因为陈燃是熟练工，这件事没花多长时间，便直入正题开始工作。

邵昱扬的相机是新买的，配置不错，新手完全够用。陈燃纠正了他的一些新手误区，又手把手教给他一些小技巧，那之后他拍出的照片就比之前像样多了。

他不多打扰陈燃办正事，端着相机去拍自己的，等到中午见陈燃还是没回来，便开始鼓捣起午饭。

176

邵昱扬当然不是什么娇生惯养的少爷,事实上因为母亲去世得早,家里很多杂务都是他在干,做饭只是其中最简单的活。

陈燃准备的食物不少,大多是简单加热就能吃的速食产品,也有面包果酱一类开袋即食的方便选择。他从中挑选一番,搭配着弄了两人份的食物,然后才起身循着林间的脚印去找人回来吃饭。

陈燃穿了件迷彩外套,像只自带保护色的猛禽,动也不动地趴在一丛灌木后,正架着机器在拍树上的鸟类筑巢。鸟类的警惕性很强,即使邵昱扬已经把脚步放到最轻,过去时还是惊动了其中一只漂亮的雄鸟,它四处张望一番,像是突然醒悟自己已经暴露在人类的视野之中,毫不犹豫地张开翅膀飞走了。

"我不是故意的。"邵昱扬无辜地停下脚步。

陈燃趴在地上没急着动,先确认了刚才拍下的镜头,然后才慢吞吞地站起来。

"怎么了?"他问邵昱扬。

"来喊你回去吃午饭。"

陈燃这才低头看了看表,意识到已经是午饭时间后朝他道歉:"我没留意时间,走吧。"

"刚才那是什么鸟?"

回去的路上,邵昱扬还在想那只通体羽毛漆黑发亮的漂亮鸟类。

"黑卷尾,农村里也经常看见,再往南一点它们就是留鸟了。"陈燃说,"它们性格有点凶,幸好你刚才没进它的领地,这鸟脾气可不太好。"

看他对这林子里的鸟类还挺熟悉,邵昱扬饶有兴趣地多问了几句,陈燃也都能答上,显然并不是完全的门外汉,至少应付他是足够了。

"看来我这老师选得不错啊。"邵昱扬打趣道。

对此陈燃倒是很谦虚:"听朋友说得多了,就记住了一些。"

他们回到临时营地,邵昱扬准备好的食物还在原处,恰好是能入口的温度。陈燃坐下后随意吃了一些,突然道:"你比我想象中适应得好。"

邵昱扬正在他对面用勺柄开罐头,闻言失笑:"昨天不是还嫌我跟过来会碍事吗,弄点吃的就这么夸我?"

"倒不是在夸你,只是有点意外。毕竟你在媒体面前表现得……"陈燃斟酌着选了个词,"有点悬浮。"

邵昱扬愣了愣,手上的动作也随之停下来。

经纪公司当然不会无缘无故去力捧毫无包装的素人,在金牌经纪人看来他的过去普通得没有任何价值,哪怕脸蛋再漂亮演技再出色,没有好的人设(公众人物的形象塑造)也就没有粉丝。所以他理所当然地成了一份包装后的商品,足以上985大学的高考分数却学了表演,再来点讨巧的小公子人设,他就被包装成了陈燃口中人设悬浮的偶像剧男二。

长相不错,性格温和,家里非富即贵却没有架子,哪怕对最普通的工作人员也彬彬有礼——设定土得掉渣,却和他走红的那部剧里的角色很契合,成功让观众产生移情心理,成了他的第一批粉丝。

"我其实不是什么大少爷,网上那些都是假的。"邵昱扬低声说,"我老家就在长陵,是最普通的铁路职工家庭,小时候连午饭都得自己做,这些真的不算什么。"

说出口后,连他自己都觉得松了口气。

要说维持人设有多累也不至于,但经纪人为了让他保持热度会不时放出一些似是而非的消息。邵昱扬挣扎过,没什么成果,公司仍然让他听话,原以为早就习惯了,现在他才意识到自己其实并不那么情愿。

最初每次说谎后他都很有负罪感，但这种事发生的次数一多，好像就逐渐习惯了。

他抬头去看陈燃，后者只说了句"难怪"，也没有更多的表示。于是他又追问道："你会觉得我表里不一吗？为了红就配合这些宣传，其实是个假冒伪劣产品。"

"不会啊，"陈燃勾起嘴角笑了笑，"谁没点小秘密？说不定我也不是你以为的样子呢，你说是不是？"

他反戴着鸭舌帽，这一笑又邪又痞，确实和邵昱扬印象中的陈燃反差不小。但归根到底，今天他们也只是第四次见面而已，印象这东西和网络人设一样做不得准，约等于无。

他想问"你为什么会关注我"，又觉得这个问题有些过界，对方没有回答的义务，他也没有必要去纠结。不过陈燃看穿了他的想法，主动问道："你是觉得我关注你这件事很奇怪吗？"

邵昱扬一愣："你怎么知道？"

"都写在脸上了。"陈燃说着，有意看了他一眼，像在观察他的反应，"其实没什么特别的，只是因为我继母挺喜欢你，我就在她的带动下了解了一些，觉得你演技不错。那天之所以自称影迷，也是想给她要个签名。"

所以其实他并不是邵昱扬的粉丝，之所以那么说，一半是玩笑，另一半也只是借口。

邵昱扬无端有些低落，却说不出什么原因。他也不知道自己这点情绪从何而来，但也只存在了那么一瞬间，然后就被他挥挥手打散了。

这个话题最后由先填饱肚子的陈燃结束，他收好垃圾站起身来，经过邵昱扬身边时拍了拍他的肩膀："好了，我要继续干活，你自己拍，有问题过来找我。"

"好。"邵昱扬慢半拍地应道。

等陈燃带着机器走了,他才忽然意识到,这家伙今天好像是有些不同,之前还客客气气地叫他学长,出发后就再也没听见过这个称呼。

是到自己的地盘了吗?感觉放松了不少。

邵昱扬这趟来还带着剧本,在练习摄影的间隙用看剧本来填充碎片时间,一下午很快就被他打发过去。其间他觉得有点无聊,起来四处走动也没找到陈燃,直到天色暗下来才远远地看见他拎着包往回走。

营地的灯已经亮了起来,邵昱扬确实不是花架子,他正坐在小马扎上用炉子煮汤,那个连陈燃都觉得很难用的炉子在他手下变得服服帖帖的,乖乖把汤煮得沸腾开来,散发出有点单薄却暖融融的香气。

"看到有罐头牛肉,就和番茄豆子一起煮了点汤。"见他用挑起的眉毛表示疑问,邵昱扬主动解释道,"夜里有点冷,喝点热的暖暖身体。"

陈燃不客气地坐下来,接过他递来的热汤和面包,嘴上倒是很有礼貌地说谢谢。

这个季节山里没有野兽,只有一些无害的小动物和迁徙至此的候鸟,即使入夜也很安全。他们扎营时邵昱扬还以为晚上就要在这里过夜,结果陈燃说林子那头还有护林员小屋可以住,在这里扎营只是因为方便拍摄,吃过晚饭他们就可以收拾一下准备过去了。

"我看网上说今晚有流星哎,"见陈燃边吃边用手机处理工作,邵昱扬悄悄用肩膀撞他,"可以教我怎么拍吗?"

陈燃看他一眼:"你是来体验角色的还是来拍照的?"

邵昱扬心情不错，笑眯眯道："我跟经纪人说来度假的。"

反正陈燃已经知道他的秘密，他没再伪装什么，感觉自在了很多。

吃完了晚饭，他们一起去林子深处的护林人小屋把行李放下，又绕了个圈儿，到山那边的开阔处去看流星。

山里没什么被开发的痕迹，甚至很多地方都没有成形的路。他们打着手电在林子里穿行，邵昱扬有点轻微夜盲，路上好几次差点踩空摔倒，最后陈燃忍无可忍，把他拽到自己旁边来，说："你抓着我的包，别摔了。"

"哦。"

大明星乖乖抓住他的背包带，小朋友似的被牵着继续往前。

有了陈燃的帮助，他不需要再一直低头看脚下，得以解放双眼去看眼前的景色，于是收获了比流星到得更早的惊喜——转过最后一个拐角，月光不再遮遮掩掩地躲在树梢之后，而是毫无保留地洒在他们头顶、肩上，以及面前的草地上。

像一场惊喜表演，多少有点"初极狭，才通人。复行数十步，豁然开朗"的意思。

"上次来的时候，我在这里拍过星轨。"陈燃一边帮他架相机一边说，"这里视野开阔，有流星的话应该能第一时间看到。"

邵昱扬蹲在他旁边仰着头看天空："好像还没开始，网上说是八点多。"

陈燃架好相机直起身来，大约是高度正好，他顺手摸了摸邵昱扬的头顶。

邵昱扬发质很好，没有经过烫染，是很自然垂顺的状态，入手触感像小动物光滑的毛发，一时有些让人失神。

被摸了脑袋的邵昱扬愣住了，陈燃也愣了一下，然后摸摸鼻子，欲盖弥彰道："我有个弟弟，可能习惯了，抱歉。"

"可我比你大。"邵昱扬怒道。

陈燃给自己不正常的行为找补："心理年龄。"

邵昱扬不服输道："那我也比你成熟。"

"怎么和小孩子吵架一样？就这还完美王子呢？"陈燃失笑。

邵昱扬伸出手用力捶他一拳，正想骂他两句，却突然被陈燃抬手推了一下。

"你干什……"

"流星。"陈燃说。

他猛地回过头，流星恰好从夜空中划过，留下一条狭长的"尾巴"。

"啊！我相机呢——"

拍到流星的邵昱扬心满意足，也没心思去计较陈燃说自己幼稚的事了，抱着相机反复看了几遍照片，又美滋滋地把手机里拍的星空发给妹妹炫耀。

他很久没有呼吸自由空气的机会，现在异常快乐，像个出门秋游的小学生，也忘了自己是要向陈燃请教摄影技巧的。

陈燃把器材包堆在一起方便等会儿装东西，弄完了又去看延时摄影拍得怎么样。邵昱扬在转身时意外发现身后的林子里闪过一道光。

手电筒的光。

没有一直亮着，而是像流星般在林间一闪而过，很快就熄灭了。

邵昱扬也不知道是不是自己想太多，他总觉得那边看起来就像是发现他们在这里，为了躲藏才匆匆把手电筒关掉一样。

"这里晚上会有管理员巡逻吗？"他压低声音问。

陈燃愣了愣，然后点头："这个季节偶尔会有，因为要查看动物的繁殖情况，还得提防盗猎候鸟的人，怎么了？"

"刚才我看到林子里有光，可是马上就灭了。"邵昱扬闻言皱起眉头，"如果是管理员的话，他们知道我们俩在这儿拍摄吧，应该不会这样？"

他怕陈燃说自己想太多，对方却猛地站起身来，邵昱扬发现他好像已经知道那是谁了。

"怎么了？是谁——"

不等他问完，不远处的灌木丛中忽然传来异响，邵昱扬下意识回头去看，再反应过来时陈燃已经抬腿往那边跑了。

顾不上多想，邵昱扬几乎是条件反射地追了上去。他能听见前面有急促的脚步声，陈燃离他不远，但再往前几米还有个家伙在跑，不知道是谁，总之肯定不是他最初以为的管理员。

快速跑动使他的大脑有点缺氧，邵昱扬很难思考点什么，一片空白中只能从刚才听见的话里去搜寻答案，并且没花多长时间就找到了——是偷猎者。

他想起昨天陈燃就去找过管理员，理由是打个招呼，免得被当成偷猎者。原以为不会这么凑巧，可现在他们还真的遇到偷猎的人了。

"站住！"他听见陈燃在五米开外的位置喊，"上个月才被抓过，你们还敢来猎鸟？！"

前面的人还在逃，追出这一路后邵昱扬已经完全分不清方向，只能跟着陈燃跑，一直到他们快要跑出这片茂密的林子，前面才出现大片月光，照亮了他们的去路。

一个裹得严严实实的人正一只手端着猎枪对着他们，另一只手拎着个很大的网兜，绿色网兜里是……

邵昱扬睁大了眼，那是数十只颜色各异、大小不一的鸟，密

183

密麻麻地挂在网上，有的鸟还在抽搐，更多的已经不动了。

"滚回去！"那人用带着浓重本地口音的普通话说，"我还以为是公安呢，你们这些外地人多管什么闲事？"

他手里有枪，陈燃却只盯着网兜不放，警告道："把鸟放下，我已经报警了，你跑不掉的。"

"我跑什么——你说你报警了？"

那人骂了句脏话，作势要朝他们开枪，邵昱扬离得不远，身体行动比脑子转得快，想也不想就往前一扑，把陈燃带倒在地。

有子弹打在他们身后的树上，陈燃爬起来还想追，被他死死地拽住了。

"他有枪，你疯了？！"

他揪着衣领把陈燃拽回来，与此同时，偷猎者已经丢下网兜，头也不回地钻进林子里跑了。

陈燃个头比他高，力气也比他大，挣扎两下后邵昱扬已经要拉不住他，正在想怎么拴住这匹疯马，却感觉对方拉扯的力度明显有所减弱。

他面临的压力骤减，循着陈燃的视线看过去，那一兜子鸟静静地躺在地上，可惜它们再也不会动了，羽毛也失去了原本生动的颜色。邵昱扬轻轻松开拉住陈燃的手，他便像一座突然坍塌的山，手握成拳头，徒劳地捶在地面上。

邵昱扬能够理解他的心情。

即使明知无法挽回，他仍然为此感到后悔和失落，还有难以形容的愤怒。

如果他们能来得更早一些，说不定……这些鸟还有救。

"那种自制的猎枪打出来的都是铁沙，威力不算大，不过我们没有护具，追上去还是很危险。"他努力平息着过快的心跳，为自己也为陈燃找了合适的理由留下，"打电话给林场管理员，他们会处理的,在那之前我们先留在这里确定位置,好吗?"

他不敢想太多,只希望陈燃别再像刚才那样冒进,两人的体格差摆在那里,他真的没办法拦,只能口头劝说对方冷静。

陈燃闭上眼深呼吸再睁开,坐在地上仰头看他,眼里是毫不掩饰的怒气和难过,像只受伤的大型野兽,毛都炸了。被他这么盯着,邵昱扬突然也觉得很累,于是跟着坐了下来,很没形象地往地上一躺,身体摆成一个最舒服的姿势。

什么偶像包袱,都去他的吧,他刚才差点连命都没了,谁还管这个。

他躺在地上看着头顶的星空,心里有点茫然,又觉得空荡荡的,好像刚长出的新芽突然被人掐走,还没来得及反应过来,它就已经消失了。

6

邵昱扬再回过神时陈燃正在旁边打电话,按下挂断键后看了躺在地上的他一眼,忽然说:"不装了?"

"早不装了。"邵昱扬累得要命,随口道,"你还没接受这个真实的我吗?"

"也不是,"陈燃斟酌着说,"就是感觉你又有点不太一样了。"

他看起来比刚才好多了,似乎冷静以后接受了现实,勉强把愤怒压在了别的情绪底下。

"你也和我妹妹口中的形象大相径庭。"邵昱扬懒得动弹,只在嘴上回敬。

"哦?"陈燃挑了挑眉,坐在旁边盯着他看。

他那双眼睛实在威慑力十足,邵昱扬被盯得有点心虚,不过还是把话说完了:"之前不是在学校碰到过你吗,后来跟她提了两句,她说你是出了名的能力强又靠谱——是挺靠谱的,手无寸

185

铁就去追偷猎者的疯子。"

陈燃愣了两秒，随后哈哈大笑。

"你还不是跟着我来了。"笑够以后，他这么对邵昱扬说。

邵昱扬无法反驳。

"开始你说自己是假冒伪劣产品，我也是。"陈燃在夜色里笑了笑，"你是被套了个人设，我恰恰相反，是自己给自己套了个人设。"

他含着金汤匙出生，却因为生母早逝而与父亲心生罅隙，不愿意按照父亲的规划来完成自己的人生，更不想成为父亲那样的人，于是每个决定都在与父亲作对，最后也没听父亲的意见去商学院，而是选择进入传媒院校学摄影，打算毕业后做一名摄影师，把继承家业的任务留给继母生的弟弟。

他对继母并没有什么意见，事实上他和继母还有弟弟的关系都还不错，偶尔回家还会聊上几句。可年纪渐长后，他越发觉得那个家与樊笼无异，陈燃有时还会想，把这些责任都丢给弟弟是不是有点残忍。

"是不是有点意外？"陈燃看了他一眼，"我没跟别人说过这些，我和你一样，我们俩都是骗子。"

"不，不一样。"邵昱扬倒是很清醒，"我骗人是为了红，你骗人是为什么？"

"不知道，大概是想把自己藏起来吧。"陈燃没头没脑地说。

"藏起来？"

他摇摇头笑起来："你大概不知道我爸是什么样的人……自负，冷酷，专制。从我出生那天起，就被他把一辈子的路都定好了，他想让我和他一样，像个设定精密、没有多余情感的机器，按部就班地继承家里的企业，把他的事业发扬光大。可我不愿意，从家里逃出来念了喜欢的专业，但还是逃不掉他的影响。"

186

"我自视甚高,总觉得自己什么都能做得来,走不一样的路也能成功,不会重蹈他的覆辙。但慢慢地,我发现自己和他越来越像,自我,偏执,不计后果,于是我强迫自己改变。"

"变成老好人?"

"准确来说,是变成不那么真实的自己,谦逊而普通,脾气温和,愿意和所有人打成一片。大家都把我当作摄影社的顶梁柱,说我未来一定会成为国内最成功最优秀的时尚摄影师……没有人知道其实我不是那样的,我甚至在享受这种伪装。"

"那并不能改变事情的本质,不是吗?"邵昱扬一针见血地指出问题所在。

"对,我没有任何本质上的改变,却因为这层可笑的伪装又丢失了点什么。"陈燃摇了摇头,自嘲道,"我在找了,不过还没有找到。"

"我倒是好像知道你丢了什么。"

陈燃看向他,那双眼睛即使在夜里也很亮,邵昱扬无端生出一种被猛禽注视的警觉,不自在地搓了搓胳膊。

"你把真正的自己丢掉了。"他告诉陈燃,"你明明不是现在这样的人吧,角色扮演玩太久了,入戏太深出不来了?"

陈燃怔了怔,忽然意识到他是对的。

他习惯于扮演那个反差巨大的自己,习惯于按照众人眼中的成功与优秀来安排人生,甚至忘记自己原本是什么样、想要做什么了。他脱离了父亲的标准,却又不小心让自己陷入了另一个人设怪圈中。

"得记住自己是怎样的人哦。"邵昱扬向他传授自己作为过来人的经验,"真要把自己弄丢,那就得不偿失了。"

陈燃哭笑不得地任他摆前辈架子:"知道了。"

当人和人共享秘密的时候,距离就会陡然缩减到没有分寸的

187

地步。这么想着,邵昱扬忽然觉得有点高兴:"好像突然成了共犯似的。"

"也不错啊,我占便宜了。"陈燃仰面躺倒在草地上,扬起一片草屑和灰尘,有点恶劣地朝邵昱扬笑,"和偶像共享秘密,我的荣幸。"

明明连自称影迷都是假的,还非要说什么偶像,有够故意的。

"你家里有钱有势,什么世面没见过。"邵昱扬忍了忍,没绷住,又笑起来,"我假装有钱人的样子是不是很好笑,演技滑铁卢。"

"那倒没有,挺可爱的。"

……

"真的。"

"可爱才怪。"

坦诚过后不久,他们很快又沉默下来,安静地坐了一会儿,谁也没有开口说话。

毫无疑问,陈燃并不像表面一样是个周全冷静的人,但他何尝不是个疯子,否则根本不会随陈燃一起胡闹。可他们胡闹以后也没得到什么好的结果,那些鸟都死了,偷猎者侥幸逃脱,下一次还会再祸害新的鸟。

原本再过几小时他就要下山前往机场,经纪人给他定了个综艺飞行嘉宾的工作,后天这个时候他应该已经坐在篝火边和常驻嘉宾假惺惺地聊人生理想。可现在他和陈燃一起毫无形象地躺在林间野地上,完全背离原计划,而且感受着心里前所未有的不甘和恼怒。

那些鸟几小时前还曾舒展翅膀飞过他的镜头前,鲜活而美丽,可现在却只能冷冰冰地躺在土地上,谁也救不了它们。

他很难控制住自己不去胡思乱想,因为事实就这么血淋淋地摆在面前,而他原本是有机会救下它们的。

"是不是我不拉你去拍流星就好了？"天边泛起鱼肚白时，邵昱扬终于低声问。

如果留在木屋那边，也许就会更早发现从林子里经过的偷猎者，说不定还能……

"即使我们不去拍流星，拦住了这一个偷猎者，他的同伙也会在别的地方收网，带走那些被抓到的鸟。"

陈燃已经冷静下来，说话足够客观，但并没能安慰到他。

"我有点后悔跟你进山了，"邵昱扬叹了口气，看着地平线上的亮色蔓延开来，情绪不高却很诚实，"但又觉得幸好来了这一趟，至少我还能努力想想自己要做点什么。"

陈燃没问他要做什么，只给他披了件自己的外套，让邵昱扬静静地坐了一会儿。

凡事总有第一次，偷猎案他遇见过不止一回，虽然同样愤慨，但对眼前的结果，他接受得比邵昱扬快得多。这当然不是好现象，不过人总是会这样的。

就像说谎多了会变成习惯，不好的事经历得多了也会习以为常。他坐在一旁安静地观察邵昱扬的反应，某种程度上也像在观察过去的自己。

有不甘、愤怒甚至茫然无措，所有情绪都很真实，剥离了人为添加的伪装，被名为伤感的雨水洗成了原本的样子。

他忽然郑重地叫了邵昱扬的名字："别后悔，你应该更勇敢些。"

邵昱扬身上还穿着他的外套，衣服有点过分宽大，他被裹在里面，像只还没来得及找到去处就从巢里跌落的小鸟。陈燃迟钝地意识到自己对他有着强者对弱者的保护欲，但不应该那样，因为邵昱扬其实比他更早开始面对事实，而他嘴上说着要照顾对方，却并没有做到，反而是邵昱扬让他从愤怒的情绪中冷静下来，寻找解决的办法。

躲在自以为是后面前行的其实是他自己。

天色越来越亮，太阳从地平线跃出时邵昱扬从地上爬起来，好像已经找回了自己应有的那个灵魂，语气平静地说："我要回去了，下午的机票飞首都。"

"好，"陈燃也跟着他站起来，看了眼时间，说，"我送你。"

恰好这时管理员带着森林公安赶到，先是关心他们有没有受伤，又说其他几个偷猎者都被抓住了，审讯后应该能把逃跑的同伙也抓回来。陈燃把帽子也给了邵昱扬，把他挡在身后，自己过去和他们沟通，片刻后回来告诉他可以走了，然后率先往营地的方向走去。

邵昱扬跟在他身后迈出几步，又忍不住回头看地上那团曾经鲜活的模糊色块。

"别看了。"陈燃说，"再看要哭了。"

"谁哭了？"

邵昱扬嘴硬地吸吸鼻子，眼角余光瞥见管理员朝他挥手，他愣了愣，也抬手朝对方挥挥，然后重新跟上陈燃的脚步。

这一夜好像只是他做的一个离奇又惊险的梦，现在梦要醒了，他却还沉浸在梦里，为自己可能错失的机会感到后悔，并反复思考补救的可能性。

一切都过去了，但一切都还没结束。邵昱扬对自己说，他总得做些什么，不然这一趟岂不是白来了？

陈燃送他下了山，邵昱扬的助理早早等在山脚的停车场里，在邵昱扬上车后火急火燎地抱怨着可能要误机，邵昱扬没什么心思管他，自己发了会儿呆，等车上了高速才想起来问怎么回事。

"姐给你要来了一个试镜机会，就在明天早上。"助理说，"大导新作的男三，角色很吃香，有人退出才轮得到咱们替补，姐让你今天回去好好休息看看剧本，明天争取把这角色拿下。"

……

邵昱扬想起自己进山的初衷，原本想说点什么，但面对的只是助理，于是他又把话咽了回去。

到了机场，坐在贵宾室里候机时他才给陈燃打了个电话，响了好一会儿对面才接起来，陈燃的声音听起来有些疲惫："到机场了？"

"嗯。"邵昱扬捏着自己的衣角，还在想山上的事，犹豫着问他，"经纪人说明天让我去试镜……情况怎么样？"

"已经有人供出那家伙的身份了，警方正在赶往他家。"陈燃安慰他，"没事了，你好好休息，别想太多。"

哪能不想呢？他现在闭上眼睛还是那个装满了鸟的网兜，怎么也没法把它们赶出脑海。

昨晚的见闻逐渐和最近几天看得烂熟的剧本里那幕高潮重合，邵昱扬忽然觉得，自己好像有点摸到门路了。

陈燃说得对，他应该更勇敢点。记录者无法改变事实，他想做到更多，就得付出努力。

电话还没挂断，他仰头靠在宽大舒适的椅背上，深吸一口气，然后下定了决心，对电话那头的人说："陈燃，我不去参加明天的试镜了。"

另一头的陈燃没说话。

"我还是想要那个摄影记者的角色，"邵昱扬慢慢地说着，像是说给他听，又像是说服自己，"怎么说呢，好像忽然觉得有点感同身受，想看看自己能不能做到更多。"

他等待着对方的肯定或否定，陈燃却没有立刻说些什么。

邵昱扬心里有点急,但说不清自己在急什么,好像短跑发令枪迟迟没响,他神经绷得很紧却无计可施。等了一会儿也没等来答案,他心里那点莫名其妙的焦躁进一步加深,正想催促对方,陈燃恰好在这时开了口。

"身为粉丝,我支持偶像的一切选择。"他好像已经积攒到足够的能量,找回了刚进山时那种轻松愉快的语气,甚至开起玩笑来,"如果导演拉不来投资也可以找我,我家老头人可能不怎么样,赚钱还是很积极的。"

玩笑并不好笑,但邵昱扬还是忍不住笑起来:"一个小成本电影,题材又冷门,你就知道能赚钱了?"

"不知道,"陈燃理直气壮地说,"但我可以骗他,只要真的能赚钱,他就不会追究责任。"

邵昱扬脸上笑意更盛,被他这么一打岔,刚才那股莫名的焦躁已经一扫而空,压力骤减后心情轻松不少。

"这样不好吧?学弟。"

是什么不好呢?骗人不好,还是支持他胡闹不好?邵昱扬也说不清楚。

不过无所谓,因为他已经想清楚自己接下来该走怎么样的路了。

7

或许是决心使然,之前一直逃避的问题在邵昱扬放手去做后居然也迎刃而解。

大约是他听话已经成了习惯,真正要和经纪人掰手腕的时候才发现对方其实也拿他没有办法,权衡利弊后经纪人决定听听他的声音,放他任性一回。

于是他最终还是拿到了想要的角色,一个摄影记者,执着地在战乱中报道自己想公之于世的事实，是个不折不扣的理想主义者，最后也为自己的理想献身。不是什么戏份很重的角色，但足够出彩，即使是他挑剔的经纪人也不得不承认剧本和班底都不错。她不打无准备之仗，带着邵昱扬私下和导演吃了顿饭，谈到夜里十点多，听完导演和邵昱扬各自的想法，最终让他接下了这个角色。

只是错过用大导电影镀金的机会着实可惜，为此她念叨了邵昱扬很久，听得他耳朵起茧，最终不堪其扰，又以为角色做准备为由去找陈燃散心。

好消息总是一个接一个来，邵昱扬进组之前接到陈燃的电话，得知那伙偷猎者一个不漏全部落网，可惜被抓住的鸟没几只活了下来，管理员找了地方把它们埋下，附近还埋着以前追回的其他被盗猎的鸟，小小的一片地方，俨然已经成了小鸟的墓园。

邵昱扬不顾陈燃的劝阻，坚持抽出时间去看了它们一趟，因为赶通告累得够呛，回程直接在车上睡着了。醒来时车门大开，陈燃倚在车外不知站了多久，很无奈地递给他一杯冻柠茶，说："都告诉你实在太累其实不用来，我可以替你送束花。"

"不行，那怎么一样呢？"邵昱扬接过饮料，小声嘟囔。

那个短暂而疯狂的夜晚最终成了他们之间一个苦涩的秘密，现在再回忆起它，邵昱扬已经不再单纯地感到后悔或愤怒，相信陈燃也一样。

已经是二月，陈燃马上要面临毕业季和就业问题，邵昱扬想起他那个还没影的毕业短片和飞走的天选男主角，忽然起了兴致。

"你决定留在顾老师的团队吗？"他问对方。

陈燃摇摇头："不了，还是野外更适合我。"

他的毕业作品改了选题，从叙事短片变成野生鸟类纪录片，原本的选题已经和导师沟通过，临时更换很是花了一些工夫，好在最后还是成功通过,得以继续拍摄。

"哦……那很好啊。"邵昱扬说。

其实不是非这样不可,陈燃拿过不少时尚摄影类奖项,又有实习经验,要进时尚圈做摄影师其实不难。可陈燃如他所料地选择了野外和自然,邵昱扬只觉得事情都在往好的方向发展。

他举起冻柠茶,欣然道:"那就,敬自由?"

"谢谢,"陈燃和他碰了碰,笑着说,"敬自由,也敬本心。"

敬他们灵魂深处最难能可贵的自我。

完

THE ONLY ONE

秘　　　　　　　　密

THE ONLY ONE

▶▶▶ "裴承衍觉得,他终于找到有趣的灵魂了。"

PEI CHENG YAN

SONG JIAN QING

The Mountain in Your Eyes ▶▶▶

我见青山

The Mountain in Yo

文 ▶ 亚克力碳酸

单纯耿直搞笑 小偶像 ▶▶▶

#搞笑娱乐圈/欢脱师徒

能言善辩欢脱 影帝

我见青山

文/亚克力碳酸

最大的梦想是会爱人又被人爱，想去凌波门看日出。
新浪微博@亚克力碳酸

>>1<<

宋见青是个小明星，其实他的热度不小，从各种意义上来说，他是最后一届选秀比赛中的"光"，是让其他学员单膝下跪膜拜的"神"。

虽然他平日里说话直来直去得罪了不少人，但却凭借着无情无义甚至无理取闹的冷酷人设与强到"变态"的实力，在成团夜走上了C位（中心位）。

经纪人热泪盈眶，时刻准备撕碎西服回家提笔写金牌经纪人自传。

突然，赛场的大屏幕上出现宋见青的脸。

一向面如冰霜的面瘫男宋见青竟然变了模样，满脸温柔的笑意。

经纪人吓出一身冷汗，网络直播间的粉丝也全都疯了。

经纪人崩溃道："你在看谁？？"

宋见青抿着唇角，目光炯炯："哥，你看！是影帝！他看我了！

他看到我走上第一名的位置了!他看到我了!"

影帝裴承衍坐在台下的嘉宾席上,纯属是被公司老总拖来充数的。他坐在台下,光鲜亮丽的外表配合挺拔俊秀的身姿,现场的粉丝疯不疯不知道,反正宋见青知道自己疯了。

经纪人弱弱道:"我觉得他可能是在看那个哭得很丑的主持人吧……"

宋见青是为了裴承衍才进入娱乐圈的。

那天他站在大街上,看到影城里正在播放的广告。

银幕上的裴承衍一袭白衣踏月而来,脸颊被溅上几滴鲜血,肆意流淌的殷红、毫不掩饰的侵略性与易碎的脆弱感在他脸上得到了平衡,惊鸿一瞥,一下子就戳在了宋见青的心上。

后来,宋见青了解到,裴承衍是一个走路带风,不论什么时候发微博都自带王霸之气的影帝。

宋见青听闻过很多有关他的绝密情报——

合作导演A热切提议:"我给你加点和女主演的对手戏,然后宣传一下,你觉得怎么样?"

裴承衍摇头:"我觉得不怎么样。"

合作演员B小心试探:"前辈,您今晚有空吗?"

裴承衍随口道:"有吧,我们峡谷见,我打野(游戏中在野区攻打非玩家角色)。"

采访记者C提问:"影帝有什么想对新人说的吗?"

裴承衍略一停顿:"没什么想说的。"

荧幕上被人记住的往往是光风霁月的正派角色,裴承衍偏要反着来,演了好多个让人恨得牙痒痒的反派角色。

据说裴承衍的金牌经纪人天天被气到七窍生烟,每每举起手就想一巴掌呼在他脑门上,最后掂量了几分钟,还是拍到自己大腿上了。

在娱乐圈里大家都对着讨喜角色一拥而上的时候,裴承衍反其道而行之,偏捡挑拨离间主角团的坏人角色演到底。

没想到这一下,反而让裴承衍名声大噪。

一时间,武功极强的无情侠客被全网追着夸。

而裴承衍凭借自身高冷的气场获得了许多粉丝,粉丝角色两手抓,顺利成为一颗事业发展极为成功的新星。

裴承衍第一次斩获影帝的那场颁奖典礼被宋见青翻来覆去地看。

他不是娱乐圈流水线批量生产的那种毫无生气的漂亮,而是非常具有灵气的清隽疏朗,剪裁得当的西裤包裹着他修长笔直的腿,整个人是红毯上最夺目的存在。

总而言之,宋见青从有限渠道窥到关于裴承衍的无数碎片,他用它们拼凑出一个模糊的影子——裴承衍随心所欲,不愿意恭维无脑的导演,不愿意和女演员炒作,更不愿意做一个亲民的影帝。

裴承衍主演的那部电影宋见青翻看了很多遍,他饰演的侠客形象在宋见青心中已是传奇一般的存在。

他觉得这部电影哪里都好,拍摄角度、道具服装、光影塑造,在国内影坛都是屈指可数的高水平。

唯独给裴承衍扮演的侠客做牛做马的那个配角徒弟,他觉得不好,他气得咬牙切齿,恨不得把徒弟从电影母带里给抠出来,"啪叽"一声摔到墙上,铲都铲不下来那种。

他觉得那是这部电影中的唯一败笔。

他不能忍受自己所钦佩的偶像被其他演员的拙劣演技拖累。

宋见青登时就想,如果在电影里给裴承衍当牛做马的是他就好了!

他要当明星!他要做演员!

>>2<<

最后一届选秀比赛C位出道的小偶像宋见青,一时间风光无两,各种大牌代言、影视剧本、综艺邀约如潮水般向他涌来。

经纪人喜上眉梢,把当下最受欢迎的一些言情剧剧本铺在他面前。

宋见青慢慢地说:"我,我全都……"

经纪人心花怒放,一把抓住他的手:"你全都要?"

男团成员的热度高峰期也就两三年,宋见青有这趁热打铁的决心,经纪人深感欣慰。

宋见青扒开经纪人的手:"我全都不要!"

他从自己的床头柜里掏出一本被翻到破角的剧本给经纪人看:"我要跟吴导去大山沟里拍戏!"

经纪人的青筋骤然一跳,差点气绝身亡。

经纪人戳破他的小心思:"其实你就是想去给裴承衍当配角,对吧。"

宋见青点了点头。

他对裴承衍的一腔真情天地可鉴,满满都是钦佩与敬服。

经纪人掐着自己的人中,野人觅食一般翻箱倒柜地寻找速效救心丸。

电影开拍前,经纪人认命地拍了拍他的肩膀:"我明白,你是个好孩子,不想在这个圈子里随波逐流。吴导近年来连连有佳作诞生,你在他手底下打磨,说不定可以捞得一个最佳新人奖的提名呢。"

经纪人又嘱咐他:"多跟裴承衍学一学知道吗?学学人家怎

么为人处世，上次他虽然没和你说话，但是他本人应该没有传言中那么霸道可怕。"

裴承衍有很多座奖杯，属于在影坛已经没什么好再留恋的水平，所以经常有媒体批评他恃才傲物、狂妄自大，反正都不是什么正面新闻。

宋见青仍然沉浸在即将和偶像搭戏的喜悦中，他紧张到原地踱步，话都变得多了起来："哥，你说裴老师会不会嫌弃我演技太烂？我要是向他请教他会不会生气？如果我问他要联系方式他会不会让我滚？如果他生气上火了我去哪里买菊花茶？你说大山沟里有清热降火的草药吗？"

经纪人无语："这样吧，你要是紧张的话，就找点事做。"

经纪人递给他一支便携笔和一摞便利贴，说："你一激动就写点东西，冷静冷静好吧。"

宋见青搓了搓脸，接下道具。

经纪人提醒道："吴导安排了工作人员来拍摄花絮，花絮会放进电影制作纪录片里，你收拾收拾。"

宋见青很是沮丧："哦。"

说曹操曹操就到，有人拍了拍门。

宋见青无念无想地开了门，周身空气的温度趋于零下。

门外是打扮成工作人员的裴承衍，他举着摄影机，戴着帽子和口罩，冲着宋见青弯了弯眼睛。

宋见青一眼认出了裴承衍，瞬间结巴起来，他心情激动，就好像有两颗小行星在他眼前爆炸，烟花四起。

>> 3 <<

裴承衍没能成功伪装，干脆摘了帽子和口罩，一边拨弄被压乱的头发，一边顺手把摄影机递给宋见青。

可宋见青只顾着张大嘴巴，于是摄影机掉在了地上。

裴承衍：……

宋见青：……

经纪人抓狂道："啊啊啊五十万摔在地上了你们俩谁捡一捡啊！！"

裴承衍无视了经纪人，友好地握住宋见青的手。

"我们这次有很多对手戏哦，多多关照。我们交换个联系方式吧。"

宋见青呼吸急促，心脏里仿佛有老驴乱撞，哆哆嗦嗦地拿出手机。

随后，在裴承衍看不到的角落，宋见青撕下一张便利贴，字迹龙飞凤舞地写下：他好好啊！

裴承衍没忘记答应吴导的任务，镇定地捡起摄影机，非常熟练地走进宋见青家准备拍摄。

然后他就和墙上上百个自己对上了眼。

宋见青家里贴满了裴承衍的海报，桌子上全都是他的签名照，甚至还有个按照裴承衍形象设计的手办娃娃。

宋见青丢脸到想撞墙，已经完全忘记了自己是怎么坐上去片场的车的。

裴承衍问："你买的签名照多少钱一张？"

宋见青支支吾吾地回答道："六千多一张。"

裴承衍瞪着硕大的眼睛，痛心疾首地说："以后你想要多少张都直接问我要，只要签不死，我就往死里签！"

宋见青快要冒烟了，他没想到自己和偶像见面的半个小时内，他就连这种允诺的话都说出来了。

他又从兜里掏出一张便利贴开始写：他好好啊。

到了片场之后，裴承衍被吴导抓走。

宋见青发现，在摄影机对准裴承衍的那一刻，他倏地褪去漫不经心的态度，从眼神到发丝都是认真无比的。

在拍摄的过程中，裴承衍对待自己的要求比导演和编剧还要严苛，很多条在宋见青眼里已经完美至极的片子，裴承衍看后却紧蹙眉头，说再来一条。

宋见青对裴承衍的敬佩更上一层楼，满怀期待地准备开始偷窥……偷看偶像的朋友圈。

刚才在车上，宋见青不敢多和裴承衍说话，只好把一腔热血赋予裴承衍无辜的朋友圈。

朋友圈里的裴承衍变得搞笑又可爱，宋见青看得十分欢乐。

"拉黑北城天街新开的那家酒吧，这么贵，宰谁啊！"

宋见青激情评论："我知道有一家不错的，价格实惠而且装修审美很好。"

"这条朋友圈屏蔽巴巴莉的老总，他们家香水真的好难闻！不要再给我送了！！"

宋见青怜爱评论："我也觉得，闻着很像被羊嚼过又吐出来的青草。"

宋见青觉得这样委委屈屈的裴承衍很特别，于是按捺不住自己的心情，又撕下一张便利贴无声咆哮：他好好啊！！

"五一假期是谁在上班！工作退！退！退！"

宋见青委屈评论："五一的时候我还在训练营里，连手机都没有！"

"再也不半夜吃烧烤了，宝鹃……我的嗓子……宝鹃……"

宋见青担心评论："多喝热水。"

……

就这样，宋见青越评论越上头，硬是把朋友圈搞成单机聊天。

裴承衍下戏时，从裤兜里摸出手机，朋友圈消息有六十八条。

裴承衍纳闷，一屁股坐在宋见青身边："你为什么不直接找我聊天？"

宋见青脸红："啊……那个……我……我不太会说话！"

>> 4 <<

裴承衍笑了笑："没关系，我话多！"

说罢他拿出手机，给宋见青看他家乱拉屎的胖狗。

裴承衍眼睛亮晶晶的："你看，这是我的小狗！"

宋见青夸赞了他的小狗267个字，不带重复的。

裴承衍笑道："你这不是挺会说话的吗。"

宋见青的内心狂炸烟花：他夸我了！

宋见青挺起胸膛，在相册里乱翻："你看，这是我……咳咳这不是我的小孩儿！"

他手机里保存的照片是他侄女的，刚刚一激动差点说这是他的小孩儿。

裴承衍礼尚往来，夸赞了268个字，比宋见青的还多一个字。

宋见青心想：呜呜，不愧是裴承衍！

说完这些，裴承衍顺手递给宋见青一杯香气馥郁的美式咖啡。

宋见青一愣，立刻回赠裴承衍一块松软可口的巴斯克蛋糕。

裴承衍递给他一瓶防晒喷雾。

宋见青递给他一把黑胶遮阳防晒伞。

裴承衍递给他一个崭新的剧本。

宋见青递给他一本把所有人物的背景故事标注清楚的台词本。

他们二人你来我往，像是在什么交易联欢会上一样喜气洋洋。

……

最后裴承衍身上什么都没了，他愣愣地说："要不你帮我拿着手机……"

宋见青直接把自己酒店房间的钥匙给了裴承衍。

裴承衍：……

裴承衍茫然："这是什么等价交换吗……要不我把酒店房间的钥匙也给你……"

经纪人冲过来："你快走吧，不然他一会儿要把衣服也脱下来给你了！"

吴导的这部电影是惊悚悬疑题材，纵使裴承衍十分敬业，却依旧被片场的道具吓得眼泪汪汪，攥着身后的宋见青不撒手。

宋见青努力挺起胸膛，感觉自己幸福得快要飞升。

吴导感觉自己气得要立刻去世。

吴导大声说："你们俩演的是对手，在这儿拉拉扯扯干什么呢？啊！"

他冲宋见青吼："你演的是反派，不是裴承衍的保镖！"

宋见青痛定思痛，面对裴承衍的各种哀求毫不动摇，绝不肯再冒着重拍的风险帮他吓退鬼怪了。

到了晚上，吴导吆喝着他们一起去吃饭，剧组所有的工作人员一起聚餐，熟悉熟悉彼此。

今天一整天，宋见青的精神都处于高度集中的状态，甚至和围堵在餐厅外的狗仔队打了个招呼，所有的狗仔都傻了。

要知道，他们从宋见青开始参加选秀起就一直在蹲守他，以前的宋见青面对镜头总是面色不虞、一副睡不醒很烦躁的样子。

而今天的宋见青，面含喜色、如沐春风，盯着他们的镜头长达3秒钟！

狗仔们蜂拥而至，壮着胆子向他提问："你刚成名就能进入吴导的剧组，有什么想说的吗？"

其实宋见青这个时候说什么都不太好，狗仔已经把坑挖在前面了。

裴承衍察觉到了掉队的宋见青，一个闪现挤在了宋见青和镜头之间。

裴承衍和媒体打交道的时间比宋见青这么多年吃饭的时间还多，应对此等场面已经游刃有余。

裴承衍答道："我非常欣赏宋见青，和他的合作很愉快。作为年纪轻轻从选秀节目走进大众视线的男团选手，在非科班出身的情况下，他居然能对巴赞的执导理论与斯坦尼的体验派表演体系有着深刻见解，这也是吴导在第一轮试镜中就选定他的理由。"

其实裴承衍不是完全胡吹，宋见青是真的有些演技在身上的。假以时日，宋见青一定会成为成功的演员。

狗仔：……

作为和裴承衍钩心斗角、尔虞我诈多年的死对头，狗仔头头看到裴承衍的一刹那眼睛都直了。

宋见青就这么看着他们你一言，我一语，刀光剑影，酣畅淋漓，大有不死不休的感觉。

狗仔又问："作为前辈，你有什么想对他说的吗？"

裴承衍拿出演员的职业修养，开始表演："我看到有如此聪慧敏捷、聪颖好学、上进努力、朝气蓬勃、风趣幽默、卓尔不群、出类拔萃的青年演员，实在是笑逐颜开、喜不自胜、心花怒放、喜上眉梢、心满意足、乐以忘忧，作为比他出道稍稍早了十几年的前辈，我一看到他，就对我国未来影视行业的发展有着莫大的信心！"

宋见青在一边听得面红耳赤，虽然裴承衍满口胡诌，但被裴承衍从方方面面这么一顿夸，他还是第一次尝到了"害羞"是什么感觉。

狗仔追问:"今天你们第一次见面,虽然彼此年龄上有些差距,但是共同话题应该还是有的吧?"

裴承衍被暗戳戳骂老,也不恼火,继续说:"那是当然,我们今天从《党同伐异》中史无前例的剪辑手段聊到D国表现主义电影《卡里加里博士的小屋》,又从《一条安达鲁狗》聊到《星际穿越》,哦,还有关于F国新浪潮电影运动对如今世界影坛的巨大影响,弗朗索瓦·特吕弗对作者电影的推动力量,这些你要听吗?"

狗仔结结巴巴:"不,不必了……"

宋见青在一旁听得云里雾里,只能一如既往地保持冷脸。

狗仔被一大堆学术名词撞晕了脑袋,但是看到裴承衍这样为宋见青说话,仍然不死心地想要问出点什么:"二位听上去相谈甚欢,难道是以前就认识?"

裴承衍回道:"哦,那倒不是。他是我的粉丝。"

狗仔脸上写满了不信:"是吗,呵呵,我还以为您是他的粉丝呢。"

裴承衍咬牙切齿,忍无可忍。

宋见青斜觑他一眼,见状不妙,赶紧拖着裴承衍进了餐厅,他怕明天的娱乐头条上写的是裴承衍怒揍记者。

吴导不复在片场时严肃的模样,高兴得像个普通小老头,差点上台热舞。

裴承衍也被气氛影响,情绪高涨得不得了。

他抱着酒瓶喝了一口又一口,嚷嚷道:"狗仔娱记都是浑蛋!早年还胡扯说我脾气暴躁,等他饿了三天没吃饭,好不容易下戏快要虚脱还被堵截的时候,我要是追在他屁股后面问问题,看他能不能慈眉善目笑嘻嘻地回答我!"

· 208 ·

宋见青听着偶像说的话，心疼得不得了，赶紧往他盘子里夹菜。

他想起来，自己好几年前看过一个裴承衍的采访，他那时候为了拍一部戏瘦得脱了相，眼眶深深凹陷，脸上毫无血色，像个会走路的骷髅架子。

记者不怀好意的问题被他徐徐拨开，只说自己愿意用最大的努力去面对角色与工作。

宋见青从那时起，明白了什么叫演员的自我修养。

不糊弄角色，不糊弄观众，更不糊弄自己的本心。

裴承衍完全不知道宋见青那一颗伤感到快要落泪的少男心，他把桌子拍得梆梆响，已经敌友不分："吴导也是……坏蛋！"

宋见青吓得赶紧捂住他的嘴。

宋见青说："这是可以说的吗？"

裴承衍无视他的阻拦，自顾自地说："明明知道我怕鬼，还拖我来拍惊悚片，他是不是想吓死我，然后继承我家里的14个影帝奖杯？"

宋见青的眼前闪起一片片金光。

他更加崇拜裴承衍了，他下定决心，告诉自己，自己可是要成为影帝的男人！

宋见青继续殷勤地给裴承衍夹菜，硬是把桌上的菜都给裴承衍投喂了个遍。

裴承衍抱着酒瓶子说："以后这戏谁爱演谁演！那些媒体天天批评我的演技过于学院派，我还没说他们蛋黄派的采访技术呢！"

裴承衍的话很沧桑："以后我就辞职，专门卖自己的签名照，我亲自去天桥底下摆摊，一毛钱都不让黄牛赚到！"

宋见青觉得裴承衍真是一个有恢宏计划的人，拍手叫好。

裴承衍还不满足："我要发明签名永动机，这样的话，我就可以开设 F 国签名分公司，他们电影节的评委可喜欢我了。"

宋见青连连点头，世界上有人会不屈服在裴影帝的魅力之下吗？绝无可能！

等到脱得只剩下一件老头汗衫的吴导来找他俩拼酒时，裴承衍和宋见青已经聊到了要建设起一个裴承衍牌签名永动机股份有限公司，以及公司的上市时间、办公地点、人员组成。

吴导加入聊天，丝毫没意识到自己电影的两个主演正密谋着要跑路这种叛逆的行为。

吴导热心道："那个，嗝，我觉得啊，你俩那公司就该开在市中心天桥底下，那儿有一家煎饼果子，老好吃了！"

裴承衍高兴得两眼发光："是吧是吧！我也吃过！王大娘做的煎饼果子，加辣条的那种，好吃到我想流泪！"

宋见青紧急发言："旁边的一家烤冷面也很好吃！要加香菜！"

最后，裴承衍、宋见青、吴导三个"不吃香菜会死星人"的心中都埋下了梦想的种子。

饭局快结束，裴承衍一高兴就喝了个微醺，要宋见青扶着才走。

他们俩站在酒店走廊里，从彼此手中接过自己的房门钥匙，总觉得哪里怪怪的。

裴承衍："晚安？"

宋见青感觉心脏被击中，幸福感极速飙升。

在今天之前，他最大的梦想也不过是能和裴承衍合作一次而已。

宋见青还是年轻，幸福来得太突然，他完全按捺不住自己的喜悦，愣是吼出气壮山河的感觉："晚安！！"

>>> 5 <<<

回到房间后，宋见青像是被抽掉了浑身的骨头，倒在床上泛起微笑。

突然，一墙之隔的裴承衍发出一声惨叫。

宋见青夺门而出，被裴承衍以迅雷不及掩耳之势撞在身上。

他低头一看，地上有一只嚣张乱爬的蟑螂，它油光水滑，气势昂扬。

宋见青默默一脚踩死了蟑螂，和裴承衍说："那个，它死了，别害怕。"

裴承衍仍然不敢下来："呜呜呜，它袭击我！它飞到我脸上！！"

宋见青安慰道："嗯，因为你帅。"

裴承衍说什么也不敢回自己房间睡了，赶紧挤进宋见青的房间。

裴承衍干巴巴地没话找话，指着宋见青放在床尾还没来得及收拾的裤子："那个，你裤子挺好看的。"

他双手一提，宋见青的裤子里掉出来一把小纸条，上面写的全都是宋见青声嘶力竭的内心呐喊："他好好啊！！"

空气有一丝丝凝滞，宋见青好想一头撞死。

裴承衍打破了尴尬："呵呵，你字写得不错。"

宋见青非常礼貌地跑去打地铺，再一次和裴承衍互道晚安。

没想到过了一会儿，他手机的声音响彻整个房间。

"您的偶像裴承衍上线冒泡啦。"

"您的偶像裴承衍发微博啦，快来看看他说了什么吧。"

宋见青好想死：……

· 211 ·

裴承衍装死：……

宋见青还是没有按捺住心思，悄咪咪点开微博看裴承衍发了什么。

裴承衍的语气还是一如既往的霸总风。

现实中的他哭唧唧，不耽误微博上的他稳如泰山——

"有什么好用的杀蟑喷雾推荐？"

宋见青笑着对裴承衍说："别怕，我屋子里应该没有蟑螂。"

裴承衍瞬间想起自己颜面扫地的模样，僵硬地打开电视企图找回自尊。

电视上在播裴承衍演变态总裁的电影，裴承衍觉得老脸有点挂不住，换了个台。

然后画面变成了裴承衍饰演的没良心王爷要谋权篡位。

裴承衍尴尬一笑，继续换台。

冷血杀手、无情剑客、无德医生、阴狠教授……就这么在他们两人眼前走马观花放了个遍。

裴承衍惊出一身冷汗，这家酒店的老板是他粉丝吗？为什么电视里全是他的电影！

宋见青则心中大动：不愧是影帝！这专业的演技，这完美的台词，这冰冷的眼神，简直就是神！

宋见青问："前辈，您为什么会一直饰演反派角色呢？"

裴承衍语塞："我……"

宋见青抢答道："我知道，您一定是参透了什么反派形象破碎又疯魔的人物美学吧！"

裴承衍把刚才心里那句"因为年轻的时候太任性了"撕烂嚼碎吃下去。

裴承衍语气淡然："嗯，没错。"

宋见青在一旁亮起星星眼："我也想变成前辈这么厉害的演

员。"

裴承衍心中的花开得红艳艳，跟喝醉了一样夸下海口："这有什么难的，我教你就行。"

此话一出，裴承衍有点后悔：完了！我是不是又太装了！

宋见青在心中怒吼：偶像答应要带我！！他要手把手教我演戏！！

>>6<<

第二天到达片场，宋见青兴奋得就像是第一次见到大海，裴承衍整个人颓唐得仿佛刚徒手爬完阿尔卑斯山。

导演、摄像、灯光师、化妆师一干人等，满脸都是宿醉的样子。

唯独宋见青一个人神清气爽，到处瞅着看。昨晚他想了很久，在床上翻来覆去地睡不着觉。一半是因为自己终于见到了偶像，另一半则是因为——

他没想到裴承衍私下里居然这么没有架子，跟谁都是笑嘻嘻的。

反差这么大，一点都不像媒体口中的影帝。

宋见青之前想象过无数次，裴承衍究竟会是个什么性格，那些媒体总说他凶，可明明他在片场的时候和谁都能打成一片，活泼得像刚出道的小孩儿，衬得宋见青倒像个寡言少语的。

摄影机前严肃正经的裴承衍、朋友圈里搞笑天赋满分的裴承衍、爱和导演记者斗嘴的裴承衍，种种反差碰撞溅起的火花，让宋见青更加好奇裴承衍这个人。

裴承衍其实特别好接触，这个认知让宋见青很高兴。

他越来越渴望发掘出裴承衍的所有模样。

吴导微蹙着眉头问裴承衍："他今天怎么回事？这么高兴？"

裴承衍浑身骨头都泛着酸劲，目光空洞："谁知道……年轻吧。"

　　这部电影中两人饰演的角色有非常多复杂且真实的打斗戏份，吴导要求非常严格，任何一镜都不允许糊弄。

　　大部分的戏份都是裴承衍挨打，宋见青则负责扮演一个沉默无声的杀手，潜伏在黑夜中，寻找机会给罪恶的主角致命一击。

　　每天晚上宋见青都会拿着剧本去找裴承衍，先对不知道哪里来的蟑螂一顿拳打脚踢，然后"摇着尾巴"请裴承衍和他对戏。

　　经纪人急得嘴里冒泡，跟宋见青说："你也太本末倒置了吧？你天天找裴承衍干什么？你去问问导演该怎么演啊，人家可是国际大导。"

　　宋见青虽然不情不愿，但是不可否认的是，经纪人说得很有道理，导演才是一部电影里把控人物呈现的灵魂。

　　正在晒太阳的吴导听了宋见青的来意，却说："我这个老头子能教你什么？你有演技上的疑问，不如去问裴承衍，他是我见过最优秀的演员。"

　　宋见青默默低下头。

　　吴导看了他半晌，笑出声来，在宋见青耳边说悄悄话："你也觉得裴承衍这人没个正形，是吧？"

　　宋见青急忙摇头否认。

　　吴导按住他的肩："行了行了，我明白你们这些小演员都崇拜他，有的刚见到他时连话都不敢跟他说，你已经算是大胆的了。"

　　宋见青沉默了一会儿，发出疑问："裴前辈和我一见面就挺照顾我的，一点也不高冷。"

　　吴导一笑："嚯，那说明你挺合他的眼缘。"

　　吴导打开了话匣子，滔滔不绝："其实裴承衍这个人，对待电影比谁都认真，我作为他的老师都自愧不如。八年前，我刚启动一个电影项目的时候，女主演出了一些负面新闻，所有的投资方都要求撤回资金，整个班子都垮掉了。"

"当时连我这个导演都想放弃了，裴承衍却没有。他四处应酬拉来了新的投资，硬生生把自己喝到胃穿孔，在医院躺了一个星期又倔着要来拍戏。"

宋见青听得入迷，脑子里满是裴承衍独自躺在医院里打点滴的模样，心脏仿佛被揪起来。

吴导语重心长地和宋见青说："别的事裴承衍可能帮不上忙，但如果你愿意认真做一个电影演员，跟着裴承衍准没错，他唯独对这件事最上心。"

"他就是为电影而生的。"

宋见青把吴导的话放在心里思考了很久，继续每天抱着剧本去找裴承衍。

导演对于宋见青这份敏而好学的品德十分满意，暗戳戳地和裴承衍聊悄悄话："看来没白栽培他。"

裴承衍一个大白眼翻过去："得了吧，那都是我栽培的。"

几天的打戏下来，裴承衍身上青青紫紫好几块，看上去触目惊心。

宋见青哭丧着脸，手里拿着各种药酒："前辈，我不是故意的，你还疼吗？"

裴承衍本来想说要不你来试试，但是看到宋见青这可怜的模样，把满腹抱怨都塞了回去。

算了，一步一步都是自己教的，忍着。

裴承衍从沙发上挣扎起身："不疼！扶我起来！我还能打！"

吴导闻言："你明明是被打……"

裴承衍一记眼刀飞过去，吴导欲言又止。

吴导不向恶势力低头，继续张嘴。

裴承衍又一记眼刀飞过去。

吴导瘪嘴，然后终于爆发了："有人来了你一直瞪我干吗呢！你是不是对我这个导演不满意！你是不是还在怨我拖你来演这个戏！你是不是还在怨当年我在影视表演课上骂你袜子起球那件事！"

裴承衍一手捂在他嘴巴上，咬牙切齿："呵呵呵老头儿上了年纪就是爱回忆青春年华，这种小事烂在肚子里差不多得了。"

宋见青刚准备向吴导打听裴承衍上学时的趣事，眼前突然出现了一个陌生但又不那么陌生的人。

演员小帕闪亮登场，一出场就围着裴承衍转："哥，你怎么也在这里？"

裴承衍好像还有点没反应过来，只顾着捂住自己阵阵发痛的膝盖，一脸茫然地看向小帕。

直到助理在他耳边说了几句，裴承衍才"嗷"了一嗓子，拍拍小帕的肩膀："好久不见。"

言简意赅，没有废话，裴承衍对不熟悉的人向来如此。

小帕走后，宋见青漫不经心地问起："前辈，他是谁啊？你们很熟吗？是上次的合作演员吗？"

裴承衍说："上部戏的点头之交，演技还行。"

宋见青心中大恸。

能让裴承衍说不错的演技，那一定是非常出神入化了！

吴导坐在监视器后，所有人又开始准备下一场戏。

裴承衍明显能感觉到宋见青周身气场的不同，畏畏缩缩不敢和他接触的情绪在逐渐消失，取而代之的是一份从容不迫。

可惜这种情绪在宋见青下戏后就消失得无影无踪。

每结束一场戏，宋见青就围在裴承衍身边问："我演得怎么样?"

裴承衍毫不吝啬对宋见青的夸赞,宋见青却肉眼可见地不自信起来。

裴承衍和吴导纳闷地说:"这人还挺爱攀比呢。"

吴导笑呵呵的,看热闹不嫌事大:"年轻人有冲劲是好事,那天你不是还和我说吗,看到宋见青,就像看到了当年的你自己。"

裴承衍把宋见青拉到一旁,又恢复了吊儿郎当的模样,笑眯眯地和宋见青说:"你别担心,你是个很有天赋的演员,第一次演电影就挑战这么复杂的角色,很不容易,但你消化得很好。"

下戏后的裴承衍一点架子都没有,会主动拉着宋见青一起看电影打游戏。

有一次宋见青拉了自己的朋友来片场玩,谁知道那人刚进休息间就开始嚷嚷。

朋友大喊:"哇!你出息了啊,你居然真的抱上影帝大腿了!"

宋见青的眼睛瞪得溜圆,心中警铃大作。

不等他制止,朋友继续兴奋地尖叫:"你不是最崇拜影帝了吗,天天在宿舍把他的电影翻来覆去地看,我都怀疑你见到他的那一瞬间会抱着他痛哭流涕!怎么样,你见到真人了,帅不帅?"

在一旁憋笑憋到快岔气的裴承衍主动解惑:"我觉得挺帅的。"

一瞬间,房间寂静了。

宋见青张牙舞爪的朋友像是被拔了毛的鹌鹑,讪讪地说:"影帝好,呵呵,那什么,我胡说的。"

裴承衍玩心大起:"哦?所以你说他很崇拜我是假的?"

宋见青急得干上火,急忙否认:"不是!不是!我可崇拜前辈了!"

他这一嗓子吼得整个片场都能听见,吴导纳闷地说:"这小

· 217 ·

年轻这么有劲哪。"

宋见青尴尬得想钻进地里。

而听到满意回答的裴承衍快笑晕在沙发上。

裴承衍觉得，他终于找到有趣的灵魂了。

> > ? < <

裴承衍和宋见青一起磨合了好几个月，对彼此渐渐熟悉起来。

宋见青从裴承衍身上学到了非常多，演技、做人的态度，还有面对狗仔时扯皮推诿的话术。

越到最后，裴承衍越是语重心长地和宋见青说这些。

宋见青很担心自己再也不会和裴承衍有合作的机会了。

最后一个待在剧组的夜晚，所有人在杀青宴上都恋恋不舍，尤其是吴导，哭得胡子都湿了。

宋见青借着吵闹的氛围诉说心事："前辈，你每次拍完电影之后，会有特别舍不得的人吗？"

裴承衍静静地看着他，轻轻拍了拍他的肩膀，就像一个真正可靠的前辈那样。

裴承衍说："天下无不散的筵席。"

宋见青怔然，盘中的烤肉冷掉了都没放进嘴里。

可是，他有。

他还太年轻，不晓得这一种浓得好比化不开的墨似的情绪是悲伤。

杀青宴在裴承衍的职业生涯中出现的频率高得像是一日三餐。而对于宋见青来说，这却是一场盛大的告别。

宋见青的眼眶红了，他和相处数月的工作人员一一拥抱。

裴承衍一直站在他的身后陪着他，就像一开始宋见青的目光只黏在裴承衍身上一样。

两人各怀心事地回到酒店后，来自北方的微醺裴承衍又惨遭南方蟑螂袭击。

宋见青兢兢业业地抓着自己的衣服，再次如同忍者一般出门，做裴承衍最贴心的"杀蟑喷雾"。

沁凉的晚风送来阵阵花香，宋见青心中满是舍不得的缺憾。

宋见青舔了舔干涩的下唇，对裴承衍说："请收我为徒弟吧，我会好好演戏，不辜负前辈指导的！"

他不仅仅想要获得裴承衍的称赞，也不满足于一个点头之交的身份。

他的野心勃勃全都写在脸上，叫嚣着想要更进一步。

他宁可裴承衍对他横眉竖眼地责骂，只要他有一个能随时随地找裴承衍的理由。

然而正晕晕乎乎的裴承衍觉得自己好像被一棍子敲醒："啊？"

宋见青补充："前辈不让我演的剧，我一定不演！"

裴承衍觉得有点混乱："不是……"

宋见青又道："我还要把所有的工资都上交给前辈，给前辈买好用的杀蟑喷雾！"

裴承衍点头："Ok, fine."

这场莫名其妙的师徒盟约在酒店冰凉的地板上完成。

宋见青终于完成多年夙愿，在见到偶像的第九十六天就成了偶像的徒弟，堪称人生赢家。

他觉得自己与偶像并肩站立在影坛巅峰的梦想马上就不只是梦想了。

而与天斗，与地斗，与狗仔头头斗来斗去的裴承衍获得小徒弟一枚，"中二病"的衣钵获得传承，真是可喜可贺。

· 219 ·

裴承衍觉得自己每天都有帅哥看的梦想马上就不只是梦想了。

在这个春风沉醉的夜晚，本国演艺事业又多了一对会说相声的影帝师徒。

宋见青开始有恃无恐："我可以喊你老师吗？"

"老师"这个称呼不仅亲切，更是一种身份的象征，在一声声呼唤中，好似有一根纽带把他们紧紧相连。

裴承衍欣然应允。

宋见青开始得寸进尺："我可以在你手机里拥有与众不同的备注吗？"

裴承衍直接把自己手机塞给他："想要什么自己改。"

宋见青开始胆大包天，把自己的备注改成了"小徒弟"。

临了，宋见青在最前面加了一个"A"。

裴承衍压根没看他打了什么字，只顾着看宋见青的帅脸。

宋见青开始恃宠而骄："老师，我能和你一样成功吗？"

出乎意料地，裴承衍摇了摇头。

宋见青感到很沮丧，身后无形的尾巴也瞬间耷拉下来。

他以为裴承衍一眼就看出他天赋有限又努力不足，注定不是当电影演员的料子。

谁知道裴承衍又正经起来，拍了拍他的肩膀，用醇厚温和的声音在他耳边说："我不要你止步于我所能探寻得到的成就之上。"

裴承衍的笑颜深深刻在了宋见青的心底深处，无论过了多少个日夜，无论宋见青在演艺圈的泥潭里摸爬滚打多少年，他始终都无法忘记在他人生第一部电影杀青的那一晚，裴承衍对他重若千斤的承诺、不假思索的信任，还有最真挚热忱的祝福。

裴承衍对宋见青说："我愿意做你的老师，是因为我能够感受到你对这份职业的热爱与真诚。"

"那些你订正无数遍的剧本、你倒背如流的台词、你仔细揣摩的角色，它们都会告诉你，你的努力不会白费。"

裴承衍就是指引宋见青前行的那抹光，包容又坚韧，一点一点汇聚成宋见青勇往直前的信念。

与光同行的幸运，让宋见青那颗在圈内沉浮的心不曾生出尘锈。

裴承衍一字一句都说得极为诚恳，宋见青甚至屏住了急促的呼吸，只能听到自己节奏都乱掉的心跳。

"咚，咚，咚"，像是战场上响彻天穹的鼓点。

熟悉的房间，还有片场搭制的场景，所有的一切都在裴承衍那双清澈的眼睛里形成致命的漩涡。

"我要你比我更成功。"

完

温文尔雅 俱乐部老板 ▶▶▶
VS
◀◀◀ 贫嘴阳光 电竞选手

热血电竞 / 久别重逢

俱乐部老板会打游戏吗?

文 ▶ 梦迢迢

安昭和,你看见了吗,我居然成职业选手了,我实现我们俩的梦想了。

俱乐部老板会打游戏吗?

■ 文/梦迢迢

拖延症晚期，小甜饼爱好者和生产机。

-①-

齐志简以投篮的姿势把空可乐瓶投进垃圾桶后，才意识到这个动作如今已经有些不符合他的年纪。

他环顾四周，老旧的街道四下无人，仅有的两盏路灯都坏了一盏。

他刚松了一口气，从阴影处就走出一个人来，那人穿着衬衫西装裤，瘦削高大，衣冠楚楚。

他咳嗽一声，为掩饰尴尬，抬手冲对方打了个招呼："嗨，兄弟。"

没想到对方直接走到了跟前，冲他微笑点头道："好久不见，齐志简。"

齐志简愣了一下，仔细盯着对方的脸看了半天，那人长着一张生活中只要见过就不会轻易忘记的帅脸，于是他花了三秒时间把对方认了出来："安昭和？"

安昭和露出微笑，薄薄的脸颊包裹着棱角分明的脸部骨骼，随着嘴角上翘露出浅浅的笑纹,是少年气和成熟交杂的气质,看起来和少年时代还是有了些区别。

当然高中时代对方也是当之无愧的校草,齐志简还记得在放学后的楼梯上,有人直直冲过来把情书塞在安昭和的怀里,然后在楼梯上差点滑倒的画面。

于是齐志简忍不住笑了,上去拍了一下安昭和的肩膀,说:"你怎么在这儿?回老家住了?"

安昭和点头:"嗯,又住回来了,想着来怀念一下青春,你怎么也回来了?"

齐志简顿时又笑不出来了,他望着身边和十年前相比也没什么变化的熟悉景象,苦笑道:"你可能不信,我发呆坐错车了,就回来了。"

安昭和露出微笑:"你有什么烦心事吗?"

"失业中呢。"

安昭和挑眉,脱口而出:"你不是后来去打职业比赛了吗?"

齐志简一愣,随即笑道:"看来你一直有关注我啊?所以咯,我们现在几岁了?"

四周的空气沉默了片刻。

"二十五岁。"

"所以我失业了啊。"

2

要说这世上对年龄最苛刻的行业有哪些,职业电竞比赛一定能占上一席之地。

电竞选手的职业生命开始于青春期,然后在二十岁出头便戛然而止。

二十五岁的齐志简在职业选手中已经算是绝对的老将,春季赛结束后，他和战队的合约结束，而投去其他战队的简历如石沉大海般不见回音。

已经退役的好友劝他签约一个直播平台，这是退役电竞选手最好的归宿之一，齐志简却并不甘心，就算有一丝希望，他依旧想站在赛场上。

可眼看着转会期快要结束，仍然没有一家战队向他投来橄榄枝，就算齐志简不愿承认，也明白希望渺茫，他或许到了该走向下一段人生旅程的时候了。

可是，他还是不甘心。

齐志简趴在桌子上叹气，面露迷茫，半晌望向安昭和，道："你呢，在做什么，还玩游戏吗？"

安昭和点头，只回答了后面一个问题："玩的。"

齐志简托腮望着他："来一把？我带你。"

这当然不是什么大话，快退役的职业选手照样是职业选手，齐志简"炸鱼塘"（高分玩家在游戏中欺负低分玩家）似的把对手打得哭爹喊娘，一把变成三把，三把又变成五把，最后齐志简在安昭和家里睡下了。

安昭和家的房间和以前基本没什么差别。

他说这房子地段一般，这几年一直没有合适的价格卖出去，于是房子一空就是十年，连桌子角上都贴着当初他们贴的奥特曼贴纸。

就是有点褪色了而已。

两人漫无边际地聊着天，突然又聊到游戏，齐志简兴致勃勃地说起过去打的比赛，说起关系好的队友，说着说着，突然沉默下来，苦笑道："说起来，这些年我不是在训练就是在打比赛，感觉自己都不懂别的了。"

安昭和沉默一会儿,突然开口:"可是,我还是挺羡慕你的。"

黑暗中齐志简笑了,他相信安昭和说的不是客套话,因为那个时候提议去报名青训营的,正是安昭和。

3

两人初相识的时候才上小学,那时最流行的游戏是卡牌对战,卡牌是买干脆面抽的。有一次他们两个班的男生凑在一起对战,玩到最后就剩下他们俩,安昭和以微弱优势胜利,齐志简不甘心,缠着他要再来一次。

他追着安昭和到了他家,才知道两人住在同一个小区。

两人就这样玩到了一起。

中学的时候安昭和的家里买了电脑,两人立刻就感受到了电子游戏的魅力。

后来,安昭和家里断了网以制止他们玩游戏。

但是办法总比困难多,他们省下钱偷偷去交了网费,如此偷偷玩了一个月,月考成绩下来,家里人发现了这件事,安昭和的父母直接搬走了电脑。

那天晚上安昭和留宿在他家,半夜突然把齐志简摇醒,说:"我们去报名青训营吧?"

齐志简从迷迷糊糊到不敢置信:"啥?"

"我感觉我们的技术可以,去报名吧。"

安昭和提出的这件事,齐志简以前从没想过。

但是不知怎么的,听到这个提议之后,他的心开始剧烈地跳动,心底仿佛有个声音说——

去做吧,去做吧。

次日两人寄了邮件,对面也回件了。

统一面试的时间定在周六。

他们去面试，结果被虐了个体无完肤。

之后，安昭和被关在家里不能出来，齐志简被老妈骂了个狗血喷头。

不知怎么的，大家一致认为一定是齐志简带坏了安昭和，不管安昭和怎么向他们解释。

于是到了最后一个学期，安昭和转学去了别的学校。

安昭和搬家那天，齐志简偷偷从家里跑出去想要见安昭和最后一面。

他穿着拖鞋偷偷溜出来，结果只看见空荡荡的安家。

齐志简坐在墙角开始想象路上看到的那个汽车里会不会坐着安昭和，毕竟电影里都是那么演的。

那会儿他们都还没有手机，两人甚至没来得及留个联系方式，齐志简也很快被按着努力学习。

不知不觉安昭和变成了记忆里逐渐模糊的老照片，很快被接踵而至的新朋友挤到了脑海的边缘。

只是某些夜晚，齐志简会突然梦到他们决定报名青训营的那个晚上。

夏夜晚风清凉，少年手心有汗，脸颊微红，空气中带着草木的气味，蛙鸣由远及近，此起彼伏。

他有点分辨不出，到底是在怀念少年，还是在怀念少年的时代。

直到大一那年，齐志简路过校门口，看见学校电竞社招人，他进了电竞社，在全国大学生比赛中获胜，随后进了青训营。

站在赛场上的那一刻，他心脏鼓噪，手心微湿，欢呼声充斥在耳边，灯牌闪耀晃动。

齐志简的脑海中突然冒出一个念头——

安昭和，你看见了吗，我居然成职业选手了，我实现我们俩的梦想了。

就好像虽然命运拐了个大弯，但还是告诉齐志简——你就该干这个。

4

手机的消息提示音让齐志简突然从梦中醒来。

窗帘缝隙漏进来一缕阳光，略微有些刺眼，他用手背遮着眼睛翻了个身，屋外传来窸窸窣窣的声音，大约是安昭和起床了。

他懒懒地打开手机查看消息，然后猛地直起身来。

消息是一条新的好友申请——

"我是 DUG 电子竞技俱乐部的工作人员，请问您有没有兴趣加入我们俱乐部？"

齐志简一边通过好友申请，一边在网上搜索这个俱乐部的名字，发现这是个去年刚成立的新俱乐部，还在城市赛的海选阶段。

齐志简一瞬间产生了一种"美人迟暮英雄末路"的感觉，他也是拿过冠军的，如今居然沦落到要去一个连城市赛都没打过的小俱乐部。

可是，这是他目前唯一的选择。

于是他的回复显得有些直接而市侩——

"待遇是？"

吃中饭的时候齐志简开始后悔自己如此沉不住气，他托腮戳着盘子里的沙拉，说："我是不是应该晾一晾他，显得我也不是那么没人要？"

安昭和面带微笑："怎么说得跟找对象似的？"

齐志简提起精神："你还别说，这事和找对象也没什么区别。"

安昭和想了想："那你晾一晾他。"

齐志简深以为然地点点头，下午穿戴整齐，对安昭和道："我去面试了。"

安昭和沉默了几秒："不是要晾一晾？"

齐志简道："晾了啊，晾了两个小时，转会期快结束了，我也得抓紧时间啊。"

这家俱乐部所在的大楼位于市中心最繁华的地段，齐志简由此看出了新老板是个有钱人。

他的信心在炽热的阳光下开始融化，看着自己手心有些干燥的纹路想：他到底还是二十五岁了。

于是他开始感到紧张，这紧张随着进电梯到前台再到跟着经理进办公室层层递进，在把简历交给经理的时候达到顶峰。

经理花了三秒浏览完简历，说："可以，待遇没问题的话，明天就签合同吧。"

齐志简愣了愣："就这样？"

经理抬起头，反而显得惊慌："有……有什么不对吗？"

齐志简："不看看我的水平吗？"

经理松了口气："你的水平怎么会有问题，三次进全国大赛，一次得冠军，一次成为MVP，我们正需要你这样的老将……不不不，我是说，中流砥柱！"

齐志简：……

总感觉哪里不对劲。

齐志简找安昭和喝酒。

安昭和看着仍旧愁眉不展的齐志简问："不是已经签合同了吗？"

"签是签了,之后就没有消息了,不知道接下来的计划也就算了,连队员都没见过,我就担心……"

他突然噤声,然后长长叹了口气,手掌撑着脸怔怔发呆。

"担心什么?"

"担心……他们其实没想让我上场,只是签了我充充门面,或者让我做教练。"

安昭和笑了一下:"这有什么必要呢,要是找你做教练,直接签教练合同不就好了。"

齐志简皱起眉头脱口而出:"如果是教练合同我才不会签。"

他说出口之后,才意识到声音太大仿佛恼羞成怒。安昭和看着他,对方今天戴了眼镜,看着倒是温文尔雅,只是镜片反光,看不清眼神。

齐志简换位思考,觉得要是自己被莫名其妙一吼肯定也不会高兴,正有些尴尬,却听见安昭和低声说了句"抱歉"。

"抱歉,是我自以为是了。"

齐志简忙道:"我也是……我也是上头了。"

安昭和盯着齐志简的手,齐志简低头,见自己正紧紧捏着拳头,连忙放松道:"不好意思,我……我也不是觉得教练有什么不好,只是……"

只是,他还是想和队友并肩站在比赛场上,想感受游戏带来的热血,想听到全场的欢呼。

安昭和一本正经:"是我的问题。"

齐志简看着对方这样子,突然笑了,推了一下安昭和的肩膀:"那么客气啊?"

他不希望气氛那么严肃,又说:"我听前台说老板是搞金融的,你说他能懂游戏吗?"

安昭和推了推眼镜:"唔,也许懂吧。"

齐志简：“金融啊，听起来和游戏八竿子打不到一块儿，我大学还是学计算机的呢，听起来还比较靠谱点，对了，说起来你是学什么的？”

安昭和露出微笑：“金融。”

齐志简顿了顿：“真巧。”

安昭和道：“学金融的人不少。”

齐志简道：“但是我感觉我们老板不太懂，转会期都结束了，他都没有定接下来的计划表，怎么也要去报名参赛了吧。”

安昭和若有所思。

次日一早，齐志简接到俱乐部经理的电话，说俱乐部报名了KOC城市赛，让他把身份证照片发过去。

齐志简一脸震惊：“老天开眼啦？老板做人事了？”

他昨晚又留宿在安昭和家，此时正和安昭和吃早餐，安昭和喝着牛奶，突然呛了一下，边擦嘴边说：“不至于，不至于。”

齐志简道：“可是报名参赛也没用，就现在这情况，估计我们战队第一轮就会被淘汰，唉，这赛季结束，我还是得退休了。”

安昭和撑着脸看着他：“想过退休以后做什么吗？”

齐志简道：“那大概还是只能做教练吧，你也知道我嘴笨，做不了主播。”

安昭和笑了：“我感觉你还是不会去做教练……而且，你嘴笨吗？我不觉得啊。”

—— 6 ——

安昭和对小时候的齐志简最大的印象就是他总是在跟人顶嘴。

有一次上课，齐志简走神被数学老师叫了起来，数学老师怒不可遏，骂他："你这样的长大了只能去扫大街。"

齐志简梗着脖子道："扫大街怎么了，正当而高尚的行业为什么要被拿出来当反面例子，老师你难道有职业歧视？"

数学老师被他气得要命，那堂课没上下去，打电话给班主任让他要加强品德教育。

他们初中的班主任是个刚毕业的年轻人，大约是想走偶像剧里老师和学生打成一片的那一套，他叫了齐志简出去谈心，问他为什么要这样顶撞数学老师。

齐志简露出惊异的表情："我没有顶撞，这是我的真实想法。"

班主任叹气："扫大街可是很累的，你真的想做这个吗？你有没有别的职业规划？"

齐志简道："如果不能去扫大街，我就要去打游戏，身体和心灵上的自由，我总要有一个。"

好好先生一般的班主任大约是没想到这事和自由还能扯上关系，忍不住翻了个白眼。

然后他就找了家长。

那天齐志简叫安昭和陪他回家，他说："我妈要面子，要是有外人在，她肯定不好意思骂我。"

齐志简的盘算并不算有错，但是那天落了空。齐母可能是气得太过，就算有安昭和在也要打他，齐志简一边满屋子躲一边嚷："打在吾身，痛在母心，我懂这个道理，母亲大人，为了你不心痛，你就不要打我了。"

明明是鸡飞狗跳般的场面，安昭和却在一边笑出了声。

后来上大学，被父母逼着选了不喜欢的学校、不喜欢的专业的时候，安昭和总是想起齐志简。

他想齐志简一定能勇敢地说出"不"来，而不会像自己一样被压得喘不过气。

· 233 ·

大三那年安昭和进了外企实习,同时知道齐志简成了电竞选手。

他很难形容当时的心情,那种感觉就好像另一个自己走上了梦寐以求的人生道路。

但是他的人生道路或许也是别人梦寐以求的。

大四那年他设计了一个线上金融软件,带来了上千万的天使投资,很快他便成了最年轻的企业家之一,经济杂志找他做访谈,访谈中问他小时候是个什么样的人。

他愣了一下,半晌说:"我喜欢打游戏。"

主持人不知道是不是觉得他在开玩笑,笑道:"那怎么不成立电子俱乐部什么的,反而做金融啊?"

安昭和得到了某种灵感。

他立刻投资了一个快要倒闭的游戏俱乐部,他的投资顾问问他是不是钱多想烧着玩,安昭和抬头问:"你没有梦想吗?"

投资顾问:……

也不是说厌倦了现在的生活,但安昭和有时也会想,他是怎么走到今天这一步的。这和他原本想象的生活不太一样。

游戏俱乐部果然是纯烧钱,比赛打不过,粉丝又没有,投资顾问追着安昭和劝他放弃,安昭和只当没听见。

齐志简去面试那天,安昭和又接到投资顾问的电话,对方再次苦口婆心,劝他把俱乐部卖了,安昭和却说:"我觉得俱乐部有希望了。"

投资顾问以为听错了:"啊?"

齐志简收到经理让他做队长的短信的时候,十分吃惊,不敢相信。

虽然他年纪大，但毕竟是俱乐部的新人，队长怎么说也是轮不到他的。

他问经理有没有搞错，经理说没有，老板就是这么说的。

齐志简心里莫名就有簇小火苗燃烧起来了。

这种悸动有点像是大学时第一次接到青训营电话的时候，那时他在上课，接到电话都没跟老师说就从教室跑了出来。

"请问是齐志简吗？"

"是，是。"

"是这样的，我想问一下，你有没有兴趣加入我们……"

走廊的风很大，手机里的声音断断续续的，齐志简蹲在地上捂着手机话筒，生怕自己的话没能准确地传过去。

他的室友从教室后门探出身来看他，据说只看到了一张傻子似的笑脸。

他估计现在自己的表情应该与那个时候差不多。

他立刻摩拳擦掌准备第一次集训，把大家聚集在了俱乐部，说想看看大家的水平，先一起打几局排位赛。

经理突然在群里发消息——

"你们打排位，带上老板啊。"

"带上一个实力弱点的人才算公平啊，不然不管你们去打多高星的普通排位赛，难道不都是炸鱼塘吗？"

道理是这个道理，但齐志简总感觉怪怪的。

电竞选手带老板打游戏，那不就跟白领和老板一起加班一样，压力很大吗？

各位队员交换眼神，都从彼此的眼神中看出了这份意思，这支刚刚组成的队伍不知怎么的就有了几分惺惺相惜之感。

齐志简问队友："你见过老板吗？老板是个什么样的人？"

队友很惊讶："队长没见过吗？我面试的时候就见过。"

齐志简道:"我没见,我面试那天只见到了经理,老板好像不在。"

队友:"我也只见过一次,老板的主业不是这个,估计也就是投资着玩的,平时应该很忙吧……我只能告诉你一点,很帅。"

齐志简不信:"有我帅?"

队友向齐志简投去看普信男(普通却自信的男性)的目光,半晌道:"队长,你也挺帅,但是老板……是另一种帅。"

事后齐志简给安昭和发消息,说:"我感觉我的队友是被金钱蒙蔽了双眼,也是,我觉得世界首富也很帅。"

安昭和回得飞快:"我觉得你说的有道理,所以,你觉得他游戏打得怎么样?"

齐志简斟酌词句,他觉得一直说老板坏话不太好,但又找不到特别合适的词汇,半晌才回:"如果他能只玩个辅助跟着我就好了,他玩射手,给我添了点麻烦。"

安昭和就坐在老板办公室,看了眼游戏的结算界面,又看了眼手机聊天记录。

这话到底是什么意思呢?

他总感觉不是什么好话,就没回复。

训练了一段时间,齐志简意识到不妙了。

这支队伍太新,别说默契了,连磨合都没磨合好,再加上队员年纪小,打到一半摔了键盘直接吵起来的情况也常有,齐志简拉开他们时又是骂又是安慰,体会到了当初自己学生时代时老师的不容易。

突围赛之前,齐志简拜托了以前老东家的队员来给自己这个新队打场名为"友谊赛"的指导赛，结果毫不意外被打了个落花流水。

他意识到这次的突围赛估计是没戏了，郁郁寡欢地跑到外面抽了根烟，安昭和发来消息，问："怎么样？"

两人最近联系频繁，齐志简经常去安昭和家过夜，这种感觉就好像是回到了小时候，他们总会为能在对方家里过夜而欢呼雀跃。

打友谊赛之前，齐志简跟安昭和说过这件事。

齐志简回了俩字："没戏。"

安昭和："那么惨？"

齐志简其实挺感谢安昭和能陪他聊天的，因为他还真不知道还能和谁聊这些事。

他们其实挺久没见了，但不知怎么的，一见面又自然而然熟悉了，就好像前面几年的分别都不存在似的。

"没办法，实力的差距，就是感觉也挺不好意思，队员挺努力的，老板也没瞎指挥，那可能就是我不行吧。"

齐志简蹲在墙角叹气，透过玻璃看见便利店店员正在偷偷打手游，一脸的紧张与兴奋，他突然发现他已经很久没有体验过这种兴奋了。

把爱好变成职业，是不是一种错误的选择呢？

安昭和安慰他："跟你没关系，毕竟是新队。"

齐志简回："老板给我开的工资好像是所有人里最高的，也不知道他会不会后悔。"

安昭和说："不会的，他只会觉得物超所值，捡到漏了。"

齐志简笑了："得了，说得跟你是老板一样。"

他盯着手机屏幕沉默，半晌又发："其实老板也许不在意，他连俱乐部都不来，大约只是投着玩的吧，或许对于有钱人来说这个俱乐部可有可无,但对我来说,它却是全部。"

按下发送的时候,齐志简开始后悔自己说得太多,这个想法虽然在他脑海中盘旋许久,但是听起来太像是抱怨,齐志简很不愿意说出口。

他立刻撤回,发了句:"唉,不说了,我回去了。"

他站起来回到俱乐部,闻到满屋子都是炸鸡的香味,不禁问了句:"谁点的炸鸡?"

队员高声道:"老板买的,老板让我们不要气馁,再接再厉。"

齐志简一愣:"老板来了?"

队员道:"刚才经理说,老板就在办公室看我们打比赛呢,刚走。"

齐志简突然笑了下,他也不知道自己在笑什么,或许是在笑自己刚才的自艾自怜。

打辅助位的队员小心翼翼地走到他身边,道:"齐哥,你是不是生气了?"

齐志简拍了拍他的肩:"没有,只是觉得……晚上吃炸鸡那是要胖死啊。"

他不能那么轻易地放弃,他坚持到现在,可不是来俱乐部养老的。

他想要的是比赛,是胜利,是站在赛场上,听到心脏鼓动,听到掌声响起,那样他才会觉得,人生,不虚此行。

齐志简熬了几个通宵想出了一份计划表,写完后立刻分发下去。

这份计划表堪称魔鬼训练,除了睡眠时间外几乎没有其他的休闲时间。

队员们是群半大的小子，正是最爱玩的时候，竟然也没抱怨，再怎么枯燥的练习也通宵达旦地熬下来了。

老板还是不怎么在俱乐部出现，听说是去了国外出差，但他花大价钱请了知名教练，又每周联系知名战队和他们打指导赛，用心程度比先前上升了好几个台阶。

突围赛的前一天齐志简睡不着觉，神经就好像发条，被拧得太紧，绷住了松不下来，他在床上望着天花板，突然想找安昭和聊一聊。

他打开手机，刚打开微信，看见老板发过来一句——

"要加油啊阿简。"

齐志简愣了一下，点进头像仔细看了下备注和原名，确定了这是老板没错。

他看着文字发呆，过了好一会儿才回了一句："谢谢老板，一定加油。"

起码有十分钟，对面一直是"正在输入中"。

但是最后老板发过来的是一句："晚安。"

齐志简也回了"晚安"，他又点开安昭和的聊天框，过了一会儿，看见安昭和也发来了一句"加油"。

齐志简看着对方的头像，像是想到什么一样突然笑了。

此时的安昭和看着手机，一脸裂开了的表情。

糟糕，用错号了。

他本来是准备用安昭和的私人号给他发加油消息的。

思来想去，安昭和还是换回了私人号，给齐志简发了条"加油"。

齐志简回了个大笑的表情包。

安昭和松了口气，随后又叹了口气，这种事没法一直瞒下去，也是时候说了。

他想,最好是赢了这场比赛,要是赢了,齐志简心情好,知道了真相之后,也不至于太生气。

虽然说,希望不大。

― 10 ―

观众席上的安昭和听到主持人宣布DUG战队获得胜利的时候,还以为自己是在做梦。

台上的选手已经开始欢呼,主持人说着他们是赛程到现在最大的黑马,安昭和回过神来,用力挥着横幅,看见齐志简朝着他的方向望过来,然后挥了挥手。

安昭和笑容一僵。

因为他看见同一边的另一个队员也在向他招手,然后在齐志简耳边说了句什么。

他心里有鬼,担心会和自己有关,于是慢慢缩回了原位,尽量降低存在感。

他盯着齐志简,见对方的表情看着没什么变化,仍是获胜后的喜悦,松了口气,又开始考虑要怎么和齐志简解释。

他其实早就想说了,第一次友谊赛那天,他就在办公室看着自己的战队被打得毫无还手之力,突然想起当初他和齐志简去面试青训营,一直都觉得自己技术已经不错的他第一次知道了什么是专业和业余的壁垒。

那简直是一道天堑。

DUG战队和老牌战队之间,原来就有这么一道天堑。

那时他看到了齐志简撤回的那句话,几乎要在聊天框打下——我当然在意啊。

可是齐志简撤回了,他也就没发出去。

只是那天他同样意识到了自己和齐志简的差别,齐志简像是个少年,始终热血无畏,他却多少有些疲惫了,和齐志简相比,他还是不够认真。

后面请教练约指导,其实都更像是亡羊补牢,是安昭和意识到自己不用心后的某种弥补。

幸好这弥补得到了回报。

如此喜事,自然是要开庆功宴的。

酒店安昭和早就定好了,本想就算输了也得犒劳一下大家,他用老板的号在群里发了酒店地址,又切换成私人号给齐志简发消息。

"你等会儿先别走啊,在后台等我一下。"

齐志简回:"行,你快点,老板要开庆功宴呢。"

看来是还不知道。

安昭和在走廊拐角等着,确定了所有队员都离开后,他走到了后台休息室,深吸了一口气推开门。

还没说话,迎面便是一个结结实实的拥抱,齐志简带着喜悦的声音传来:"我赢啦,阿和。"

安昭和道:"恭喜。"

"我的天我都没想过能赢,比分平的时候我就想都这个时候了干脆拼一把算了,说实话选出最后一把的阵容的时候我手都在抖……"

齐志简劈头盖脸就说了一堆,根本没给安昭和开口的机会,安昭和只好不断点头,随后听见齐志简说:"那个……不好意思啊,我太兴奋了,话真的很多,对了,我们一起去庆功宴吧,老板肯定不介意我再带个朋友。"

安昭和总感觉这话怎么越来越说不出口,硬着头皮道:"阿简,其实……"

话头刚开,一个冰凉的东西被塞进了他的手里,齐志简说:"奖牌送给你,我这次能赢,少不了你一直给我做心理建设的功劳。"

安昭和低头看着奖牌,金属的圆牌坚硬而冰凉,但齐志简的手却滚烫,紧紧地握着他的手。

安昭和越想越后悔:我怎么能骗他呢?

安昭和深吸一口气,一鼓作气道:"阿简,其实……"

"砰"的一声,门突然打开,身后传来一个声音:"队长……欸?老板也在啊,我们都等你呢,怎么还不走?"

安昭和:……

他望向齐志简,见齐志简压根没有露出吃惊的表情,而是老神在在,一副胸有成竹的模样。

过来的队员一脸迷茫:"怎么啦,齐哥让我过一会儿再来喊一声,是知道老板也会来吗?"

安昭和望向齐志简,齐志简眯着眼睛,露出了一副狐狸一样的微笑。

· 11 ·

"所以你早就知道了?"安昭和在饭席上终于问出了口。

这会儿大家都吃得差不多了,醉的醉倒的倒,他们计划着要去下一场。

安昭和在这喧闹中把齐志简拉到角落,问出了这句话。

齐志简半醉不醉,斜眼瞟着他:"也不早,是在台上时柚子告诉我的,你不是在那儿招手吗,柚子就在我边上说,齐哥,你看老板在那儿跟我们招手呢——你说这我能不知道吗?"

他恍然大悟的那一刻,很多事都变得清晰,比如和安昭和说完失业的第二天就被联系,比如面试的时候经理那有点搞笑的迫不及待。

而安昭和抬手捂脸,心想:原来是这么直白的揭露办法。

齐志简又说:"不过还有个比较马后炮的疑点,你昨天晚上用错号了吧?"

安昭和有点尴尬:"嗯。"

齐志简拍了拍他的肩膀:"要注意点啊。"

安昭和哭笑不得,他盯着齐志简的脸,虽说他二十五岁了,但仍是一张少年般的面孔,并不是说如何稚嫩,而是眼神明亮,看起来毫无阴霾。

以至于重逢的第一眼,安昭和心里的第一个念头就是:他看起来一点变化都没有。

"你没生气吧?"安昭和问。

齐志简板起脸来:"说实话,开始是有点生气的——但当时不是太高兴了吗,生气也没生多少,就被喜悦给冲散了,可恶,要是今天输了,你可讨不了好。"

说到最后,齐志简还是忍不住笑了。

安昭和松了口气:"开始不告诉你,是怕你多想。"

齐志简瞥着他:"怎么,你混得太好,怕我自卑?"

安昭和尴尬:"也不是,只是我的俱乐部……也不是特别好。"

齐志简瞪了他一眼:"说啥呢,我们俱乐部是最好的,突围赛过了,之后就冲决赛了!"

他突然提高声音,包厢里的众人听见这话,像是狼群听到了头狼的呼唤一般一起嚎叫起来:"冲决赛!冲决赛!冲决赛!"

安昭和喃喃自语:"我们俱乐部……"

他在口中也在心里咀嚼着这句话,慢慢地笑起来。

齐志简盯着他的脸:"怎么?开心了?"

安昭和道:"我是老板,我有什么不开心的?所以,我的游戏到底打得怎么样？让我打辅助是什么意思？"

齐志简："就是说你又菜又爱玩啊。"

安昭和：……

齐志简叹了口气："我们队目前最大的弱点，就是你了。"

安昭和沉默半晌，威胁道："扣你工资啊。"

虽然嘴上这么说着，但他嘴角上翘，那弧度怎么也下不来。

还未长大的少年时代，安昭和总是想着，一定要和齐志简一起打职业比赛，现在这个梦想终于实现了。

以另外一种奇妙的方式。

完

Fight for You

THE ONE ON

▶▶▶

万分之一的概率,我遇见你——
人群中与众不同的特别体。
异乎寻常的体质,
带来奇妙的化学反应;
被人诟病的缺陷,
也能拥有专属意义。

极端体质

限定好友
下期预告

即将上市

敬请期待

图书在版编目数据

限定好友.7,人设崩塌中 / 李科棠主编.
—武汉:长江出版社,2022.11
ISBN 978-7-5492-8520-4

Ⅰ.①限… Ⅱ.①李… Ⅲ.①短篇小说-小说集-中国-当代
Ⅳ.①I247.7

中国版本图书馆CIP数据核字(2022)第181778号

本书由天津漫娱图书有限公司正式授权长江出版社,在中国大陆地区独家出版中文简体版本。未经书面同意,不得以任何形式转载和使用。

限定好友7·人设崩塌中　李科棠 主编

出　　版	长江出版社	
	(武汉市解放大道1863号　邮政编码:430010)	
选题策划	漫娱图书　雷雨薇	
市场发行	长江出版社发行部	
网　　址	http://www.cjpress.com.cn	
责任编辑	李　恒	
特约编辑	陈雪琰　胡丽云	
总 策 划	嗑学家工作室	开　本　880mm×1230mm 1／32
装帧设计	吴　琪　邵艺璋	印　张　7.5
印　　刷	恒美印务(广州)有限公司	字　数　205千字
版　　次	2022年11月第1版	书　号　ISBN 978-7-5492-8520-4
印　　次	2022年11月第1次印刷	定　价　39.80元

版权所有,翻版必究。如有质量问题,请联系本社退换。
电话:027-82926557(总编室)　027-82926806(市场营销部)

限定日报 XIANDING DAILY

- 体育 -

"游泳天才"发挥失利，同队新人大放异彩！

今日，全国游泳选拔赛在体育中心游泳馆正式开赛，来自全国各地的上百名青少年选手展开激烈的角逐。本次比赛青年组夺冠热门、被誉为"游泳天才"的榕江省034号选手孟琛罕见地发挥失利，没有达到往常的水平。

与此同时，同样来自榕江省的072号选手秋识大放异彩，斩获此次200米自由泳预赛的第一，在此之前这位小将从未在其他比赛中崭露过头角，此次预赛他以非常亮眼的表现出现在观众面前，相信今年决赛的奖牌角逐将会异常精彩。此前秋识与孟琛关系如何，两人是否会队友反目，更多精彩请关注详细报道——《鲸鱼逐浪》。

>> 孤独口吃游泳天才孟琛 vs 乐观小太阳泳坛新秀秋识 <<
秋识曾把孟琛当成信仰，现在孟琛却成了他的手下败将。

- 娱乐 -

>> 傲气摇滚鼓手老师周子烨 vs 天真吉他手学生林昀 <<
曾经活在林昀歌单里的人，如今坐在了他的身旁。

退圈摇滚鼓手酒吧表演，与新搭档配合默契

近日，迷雾酒吧的一场个人表演视频在各大社交媒体平台上引发热议，有网友认出视频中的鼓手是已经解散两年的摇滚乐队海岸日出的鼓手周子烨。

海岸日出乐队三年前曾凭借一首《海浪》红遍大江南北，周子烨更是国内数一数二的摇滚鼓手，BPM300、双踩的金属核曲目信手拈来，但海岸日出乐队解散后他便销声匿迹。视频中，他与吉他手兼主唱配合默契，实力不逊从前。据知情人士透露，主唱兼吉他手林昀是周子烨的学生，也是海岸日出乐队的忠实粉丝，此次两人表演的新歌正是林昀在海岸日出解散后完成的作品，名为《梦想破碎在那条河流》。

- 电竞 -

KOC全国赛现黑马，冷门战队DUG惊爆夺冠

KOC全国赛落下帷幕，异军突起的DUG战队夺下冠军之位。DUG战队由年轻企业家安昭和投资赞助，此前比赛中一直表现平平，今年新签入25岁的老将选手齐志简之后，一路过关斩将，成为黑马。夺冠之路困难重重，齐志简与安昭和如何克服，请看《俱乐部老板会打游戏吗？》。

>> 温文尔雅俱乐部老板安昭和 vs 贫嘴阳光电竞选手齐志简 <<
少年时的安昭和总是想着以后一定要和齐志简打职业，现在这个梦想终于以另外一种奇妙的方式实现了。

CONFIDANT

限 · 定 · 日 · 报
XIANDING DAILY

封面头条

温文尔雅影帝霍云时 VS 坏脾气小"爱豆"林霁

晚宴现场大打出手？
影帝霍云时与人气偶像林霁的恩怨情仇全回顾

众所周知，影帝霍云时与人气偶像林霁不和的传闻由来已久，前段时间更是有记者爆料，两人在慈善晚宴后台大打出手，并放出了两人先后进入休息室后，林霁头发凌乱、怒气冲冲地夺门而出的视频。

作为最年轻的三金影帝，霍云时的演技与人品一直都备受称赞，他工作认真，待人谦和有礼。男团rapper出身的林霁是国内当红的明星，平日里举止很酷，习惯冷脸对人，但口碑也一直不错。

两人在选秀综艺中初次合作，共同担任导师，前期林霁曾在采访中称赞"霍老师很敬业，会给我提供很多指导，也在比赛结束后找我帮忙分析选手的舞台表现，和霍老师工作很愉快"，两人还被拍到综艺录制间隙共同在街边小店用餐的画面。

DAILY

但综艺结束后，林霁口风突转，对霍云时闭口不谈，面露怒色，还在一个月后发布一首新Rap歌曲《衣冠》，疑似diss（讽刺批判）霍云时表里不一，两人之间的矛盾就此浮出水面。

但霍云时却面不改色地大方表示"我和小霁关系很好，希望大家不要恶意解读，他的新Rap很不错，推荐给大家"，并在微博晒出一万张单曲购买记录，并将单曲赠送给粉丝。

正在林霁粉丝与霍云时粉丝吵得不可开交之际，霍云时公开表示希望能和林霁一起出演电影，夸赞林霁"是个很有天分的小朋友，也很有个性"，双方粉丝都觉得霍云时是在故意阴阳怪气，但此时，林霁却被拍到全副武装地出现在霍云时新片首映会现场，两人的关系更加显得扑朔迷离……